KB260646

오직 바람뿐인 그 밤에

이희숙 지음

삶과 죽음이 함께하는 이곳 레꼴레타 묘지는 전 세계에서 가장
예술적인 묘지다. 사후에 묻힌 장소에 따라 계급이 평가되는 이곳은
영원한 잠을 자는 아르헨티나인들의 사후 최고급 주택가다.
광장에 있는 로댕의 '생각하는 사람' 조각상조차도
어떻게 하면 놀까, 어떻게 하면 임금을 올려
받을까를 생각한다고 한다.

국립중앙도서관 출판시도서목록(CIP)

오직 바람뿐인 그 밤에 : 詩가 있는 세계기행 / 이희숙, -- 서울 : 한누리미디
어, 2012
   p. ;   cm

ISBN 978-89-7969-416-1 03810 : ₩13000

기행 문학[紀行文學]

816.7-KDC5
895.785-DDC21   CIP2012001420

Contents

52

48

47

66

69

1부

31

24

Contents

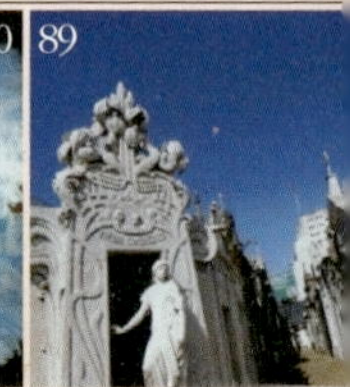

2부

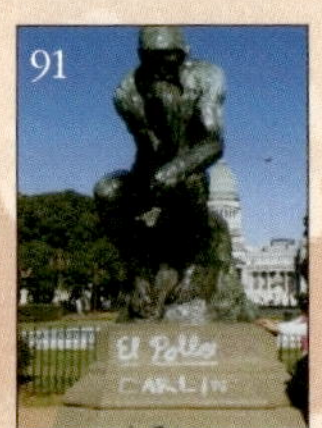

3부

4부

Contents

8부

Contents

9부

10부

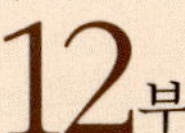

Contents

13부

작가의 말

뱃머리에 서서 악수를 청해 오는 선장의 환영을 사진사가 찍어 주는 장면부터 여행의 시작이다. 선실의 유리창에 바닷물이 찰랑이는 칠흑 같은 어둠에 이대로 물밑으로 사라질 수는 없을까? 오직 바람과 파도뿐인 그 밤에…….

영국의 근대사학자 「콜링우드」는 "모든 길은 저마다의 해답을 품고 있다. 그리고 더욱 많은 새로운 문제를 던진다. 때문에 더 멀리 나아가게 되고 멀리 갈수록 걸음을 멈추기 힘들다"라 했다.

누구나 멀리 떠나면 고독하게 되고 그 느낌을 그냥 삼키면 버릴 때도 있다. 남모르는 근심은 반드시 토해내야만 한다.

누구나 크거나 작은 옹이 하나 가지고 살아간다. 그 엄청난 옹이에 짓눌려 허우적거리다 아무도 모르는 곳으로 훌쩍 떠나곤 한다.

내면의 옹이와 힘겨운 씨름을 하면서 이렇게 세계 곳곳을 헤매고 다닌다.

새벽의 서늘한 바람에 실려 오는 내 허방의 소리에 귀 기울여 본다. 아침 떠오르는 태양은 한 치의 오차도 없이 운행되는 불변의 진리에 나의 시계는 멈춰 버린, 살아 숨을 쉬어도 허깨비만 걸치고 다닌다.

먼 훗날 아니 어쩌면 내일일지도 모르는 그날, 티베트 속담에 "내일보다 죽음이 먼저 올지는 아무도 모른다" 하였듯이 하늘에 주소를 둘 때 다시 오리라.

때로는 허상을 좇아 떠도는 집시의 피로 떠돌다 가는 티끌인지도 모른다. 그러나 나는 연어마냥 회향을 서두른다. 떠난 곳으로 돌아가는 것이 여행뿐이겠는가?

살아온 길을 뒤돌아보며 많은 후회를 남기면서 나를 다독인다.

다채로운 세계와의 소중한 문학적 산책

— 이희숙 지음 《오직 바람뿐인 그 밤에》

홍윤기

국제펜클럽 한국본부 고문
한국외국어대학 [일본사회와 문화] 담당교수
일본센슈대학 대학원 국문학과 문학박사

이희숙 시인이 뜻한 바 있어 가까운 일본을 비롯하여 동남아 각국과 호주, 뉴질랜드며, 미주 각국과 유럽, 중남미, 하와이 등 세계 여러 나라를 두루 돌았다. 그냥 돈 것이 아니고 가는 곳마다 떠오르는 시상을 스케치하듯 알알이 영근 시를 곁들여 독자에게 삶의 의미와 시인의 예지를 번뜩여 준다. 여류시인의 눈에 비친 세계는 과연 어떤 것인가.

필자에게 보내준 원고 뭉치를 차분하게 읽어 보기로 했다. 그의 행로는 미주 북쪽의 캐나다를 비롯하여 피지섬으로 건너가기도 하고, 독일의 베를린 장벽에서 조국의 분단을 슬퍼한다.

북유럽의 덴마크에서는 안데르센의 동상을 찾아간다. 핀란드의 헬싱키 대성당의 웅장함 속에 안기고 시벨리우스의 핀란디아의 장중한 음률에 깊이 젖기도 한다. 노르웨이에서는 경제적 국익을 실감하고 피오르드의 아름다운 대자연에 심취한다. 러시아의 웅장한 겨울궁전이며 모스크바에서는 푸시킨의 생활의 아픔을 이겨내자는 시인과의 공감을 실감도 해 본다.

서유럽으로의 행로는 파리의 루브르박물관에서 가장 인상 깊은 예술혼에 감싸인다. 밀레의 명화 〈만종〉과 치솟아 올라보이는 에펠탑, 몽마르트르 언덕의 가난한 예술가들의 진실과 마주쳐 보게도 된다. 로마의 바티칸성당은 빼놓을 수 없는 기행 코스. 물의 도시 베네치아의 콘돌라와 소렌토의 드높은 목청의 진한 음성미에 감싸이고, 체코 왕가의 성을 둘러보며 왕조사를 음미하는가 하면 폴란드와 유태인의 아우슈비츠 수용소를 꼼꼼하게 눈여겨 보며 히틀러의 만행에 분개한다.

오스트리아의 알프스산의 정경을 맛보며 남구만의 명시조며, 박경리의 《토지》의 터전까지 연상하는 문학기행은 흥미롭다기보다 다채로운 발상의 재질로 넘친다. 터키의 벌판을 거치면 그리스 역사문화의 전당 파르테논신전과 올림픽 발상지에 발디디며, 다시금 지중해 건너 이집트의 스핑크스 5천년 역사의 발자취에 심취한다. 중국땅 만리장성의 성 위로 오랜 역사를 걷고, 베이징의 천안문광장도 걸었다. 상하이로 건너뛰어 다시금 찾은 곳은 불교의 나라 타일랜드, 베트남에서는 정약용의 《목민심서》(牧民心書)가 호치민에게 끼친 영향력도 생각해 보는 여유가 넘친다.

무엇보다 멕시코에서 에니켄 선인장 농장 이민사를 가슴 아파한다. 페루 나스카 사막에서 「마리나 라이에」 여사의 고뇌도 공감해 본다. 아르헨티나에서 페론 대통령과 에바의 포플리즘 복지정책이 얼마나 무서운 결과를 가져왔는지도 살펴본다.

칠레가 낳은 대문호 「파블로 네루다」의 "시가 날아온 것은 난 모른다. 겨울에서인지 강에서인지 어떻게 왔는지" 그렇게 시혼(詩魂)이 날아오길 시인은 기대해 본다.

지구 반대편 풀 한 포기에게도 작별의 인사를 잊지 않는 여유를 보이며 돌아온다.

크게 관심 쏠리는 것은 일본 여행기다. 필자와 함께 여러 시인이며 학자들이 일본 속의 우리 한국 민족사의 눈부신 역사 터전들을 답사한 것도 3번이나 된다. 어느 사이엔가 이희숙 시인은 꼼꼼하게도 설득력 있는 탐방기를 요약하듯 잘도 써냈다.

일본은 과연 어떤 나라이며 한국과는 어떤 인연이 있는가. 일본 사람들은 고대부터 지금까지 '백제' (百濟)라는 나라를 '구다라' (くだら, 百濟)로 불러오고 있다. 일본 땅에는 현재까지도 '구다라' (くだら, 百濟)라는 '백제' 명칭들이 도처에 널리 보이고 있어 한국인으로서는 일본에서 그런 것을 대할 때 정다움을 크게 느끼게 된다.

교토대학 사학과 교수였던 일본 고대사의 태두泰斗인 우에다 마사아키(上田正昭) 박사도 일찍부터 "백제百濟를 '구다라' 로 부르는 것은 '큰 나라' 라는 뜻이다" 라고 백제 역사를 일컫는 자리(KBS-TV, 역사 스페셜-[구다라 열풍] 2005. 9. 16. 방송 출연, 최필곤 PD 연출) 등에서 빈번하게 주장하여 왔고, 직접 필자에게도 벌써 30여년 전부터 "구다라는 '큰 나라' 라는 뜻이다"라고 말했다.

이 저명한 일인들의 주장은 백제가 일본에 베푼 정치와 사회 문화적 영향이 얼마나 큰 것이었는지 그것을 웅변으로 말해 주는 것 같다. 교토산대 일본문화연구소 이노우에 미쓰오(井上滿郎, 일본고대사) 교수도 "백제가 아니었으면 일본 문화는 1백년 이상 더 뒤졌을 것이다"라고 주장해 온다. 그 역사적 배경은 고대 백제인 일본 지배자들의 발자취가 입증해 주는 것 같다.

추천사는 여기서 줄이고 이희숙 시인의 의미 심장한 각지의 시편과 더불어 문학기행을 이제 독자 여러분은 흥미진진하게 감상할 것이다.

1부

중남미/ 과달루페(Guadalupe) 사원으로/ 테요 띠오칸 태양과 달의 피라미드로/ 마야의 유적지 치첸이사로/ 멕시코에서 칸쿤으로/ 칸쿤 해변/ 쿠바로/ 파나마 운하를 경유하여 페루(Peru)의 수도 리마에 도착/ 세계의 배꼽 쿠스코(Cusco)로/ 아르마스 광장의 주교좌 성당/ 불멸의 12각 건축물/ 마추피추(Machupicchu) 잃어버린 도시에서/ 빠라까스 물개 섬으로/ 나스카 사막으로/ 리마로 돌아오다/ 브라질/ Catedral Metropolitana 대성당/ 리오데 자네이로(Rio de janeiro)/ 이빠네마 해변에서/ 코르코바도(Moro do corcovado) 언덕 그리스도 상/ 리오데 자네이로(Rio de janeiro) 크루즈 관광/ 이구아수(IguAzú) 폭포/ 악마의(Devils) 목구멍(Throat)/ 마쿠꼬 사파리(Macuco Safari) 정글투어/ 디께로 댐과 파라과이(Paragua) 전자 도매상가/ 아르헨티나 보카항으로/ 부에노스아이레스 시내관광/ 레꼴레타(Recoleta) 묘지로/ 와인의 고장 칠레(Chile)로/ 비냐델 마르 해변으로

중남미

- 멕시코로

겨울잠에서 언 땅이 기지개를 켜는 입춘에 중남미로 방랑의 짐을 싼다.

영국의 근대사학자 「콜링우드」는 "모든 길은 저마다의 해답을 품고 있다. 그리고 더욱 많은 새로운 문제를 던진다. 때문에 더 멀리 나아가게 되고 멀리 갈수록 걸음을 멈추기 힘들다"라 했다.

누구나 멀리 떠나면 고독하게 되고 그 느낌을 그냥 삼키면 버릴 때도 있다. 남모르는 근심은 반드시 토해내야만 한다. 여행을 떠나기에 앞서 서류봉투를 둘째네 집에 맡긴다. 만약에 돌아오지 못하거든 꺼내 보라는 당부를 하고, 지구 반대편으로 떠날 차비를 마친다.

11시간을 날아 로스앤젤레스 공항에 도착했다. 옆 건물로 멕시코행 비행기를 타기 위해 서둘러 갔으나 이미 떠났다. 다음 행을 기다리며 몇 년 전 로스앤젤레스에서 멕시코로 가는 풍경은 하루 종일 우리 동해안 기차를 타고 가는 듯하였다. 아름다운 바닷가에는 미국인들의 별장이 지어져 있었다. 끝없는 바다가 펼쳐진 풍광을 가족 단위로 여행하는 것을 보았던 멕시코다.

도착하니 마중 나온 여행사 사장이 여러분들은 복이 많은 분들이라며 한껏 띄워준다. 여기는 6개월씩 건기와 우기로 나눠진 기후로 얼마 전까지만 해도 우기라 비가 추적추적 내렸단다. 40도까지 올라갔으나 지금은 계절적으로 우리나라의 쾌청한 상춘 날씨 같다고 한다.

달리는 차창 밖 가로수에 피어 있는 선인장 꽃들이 손짓하고 있다. 이곳은 무엇보다 애니켄 농장으로 일포드호를 탄 우리의 이민사가 있다. 국모 명성황후마저 난자당하는 일본의 횡포가 극에 달했을 때, 미국 아래 넓은 땅 멕시코는 또 하나의 유토피아로 여겨졌다. 신기루의 꿈을 품은 양반, 상민, 목수, 무당 등은 일본인들의 달콤한 회유에 태평양을 넘었다. 이것이 유가탄 선인장 농장으로 끌려온 조선인들의 멕시코 첫 정착이다.

선인장 꽃들이 활짝 피어 반기는 길을 달려 제2의 도시 과달라하라에 도착했다. 광장에는 "꾸꾸르 꾸꾸, 슬픈 표정의 비둘기 한 마리가 그의 쓸쓸한 빈집을 찾아와 노래했네"라는 전통음악이 울려 퍼진다.

결혼식 축제일 등 기쁨을 함께 나누는 행사가 열릴 때마다 특유의 익살스러운 제복을 입은 밴드가 현악기 트럼펫 등으로 연주한다. 어린아이들이 배우기 위해 줄을 설 정도로 인기 있는 직업이다.

낭만과 아름다운 풍광을 한데 섞어 놓은 도시인 과달라하라를 뒤로 하고 데킬라 마을로 향한다. 지나는 도로에는 우리의 청포도가 익어가듯 길목마다 선인장 꽃이 탐스럽게 피어 있는, 애주가들이 사랑하는 데킬라의 고장에 왔다.

데킬라를 만드는 주원료는 아가베(Agave) 선인장이다. 용의 혀를 닮았다고 용설란이라 부른다. 선인장 세포는 나일론이 나오기 전까지 배의 밧줄을 만드는 데 사용되었다. 그만큼 질기고 강한 특성이 애니켄 농장에서 새로운 삶을 개척했던, 조선 이민 1세대의 삶을 투영하고 있는 듯하다.

데킬라 술과 점심을 먹고 선인장에서 뽑아 만든 하얀 스카프를 사서 목에 둘러보니, 지구 반대편 내 나라 가을이 성큼 눈앞에 다가와 서 있다.

▲ 후안디에고가 보았다는 과달루페 성모상

과달루폐(Guadalupe) 사원으로

기적의 성당에 입당을 기다리는 순례자들로 광장은 발 디딜 틈이 없다. 술루에 핀 장미를 없애려 폭탄을 터뜨렸을 때 휘어진 십자가가 유리관에 전시되고 있다. 1519년 에스파냐 에르난 코르

▲ 폭탄으로 휘어진 십자가

▲ 과달루페사원 후안디에고 동상

테스가 아스텍을 점령하고 신전을 파괴하였다. 가난한 인디오들을
노동 착취하고 영구히 지배하기 위해 점령군 스페인 남성과 인디오
여성을 결혼시킨 결과로 메스티조 인종이 탄생되었다. 이곳을 침략
했을 때 원주민들은 하루가 멀다 하고 피라미드 위에서 인신 공양을
일삼고 있었다. 그들을 개종시키기 위해 고심하던 어느 날 후안디에
고(Juan Diego) 원주민 청년 앞에 성모님이 나타나셨다. 주교님을 찾
아가 "성모님을 봤어요. 피부색이 저랑 똑같은 갈색의 성모님이"라
고 전했을 때, "개종한 지 얼마 안된 원주민 앞에 나타날 리가 없다.
갈색의 성모님이라니, 이건 신성모독이다"라 했다.

그 후 청년은 2번이나 더 주교님을 찾아갔을 때 "성모님이 너에게
왜 찾아오는 것이냐"고 물었다. "성모님이 자신의 예배당을 지으라

고 하신다"며 장미가 필 수 없는 한겨울에 후안디에고가 입은 술루를 펼치니 장미꽃이 가득 피었다.

그 후 띠뻬약의 언덕 위에 성당을 세웠다. 350여 년이 흐른 후 마침내 로마 교황청은 과달루페 성모를 인정했다. 성자의 순교 없이 전 멕시칸이 가톨릭으로 개종할 수 있었다. 로마 교황청은 이 사원을 가톨릭 3대 기적의 사원으로 공인하고 1709년 완공된 성당에 성모의 모습이 새겨진 망토를 공개한다.

순례자들이 자유롭게 볼 수 있도록 하고 있다. 요한바오로 2세 대주교는 5번이나 과달루페 성당을 방문하였으나, 병석에 누웠어도 한 번만 더 가보고 싶은 곳이 과달루페 성당이라 하셨단다. 기적의 성당에서 성물을 사려니 달러는 받지 않는다. 인솔 가이드가 부탁하여 정확히 거스름돈 없이 맞춰서 주고 겨우 사고 나온다.

▲ 과달루페 성당

테요 띠오칸 태양과 달의 피라미드로

피라미드하면 이집트 사막에서 본 피라미드를 연상하게 된다. 그런데 이곳의 피라미드가 이집트보다 앞서 세워졌다. 께살꼬아뜰(Quetzalcoatl), 깃털 달린 뱀으로 물과 농경의 신, 비의 여신 조각이 부조되어 있다. 벽화에 남아 있는 그림은 이 시대의 농경사회로 풍년을 기원한 태양신에 대한 제천행사가 행해진 곳이다.

테요 띠오칸 부족들은 우주 존재의 절대성을 믿었다. 가뭄이 들면 비를 빌기 위하여 정기적으로 산 사람의 목을 베어 제물로 바친 피라미드를 둘러본다. 마야제국 계승으로 농업 중심의 경제체제로 직조기술의 발달과 천문학의 발달로 365일을 체계적으로 확립하여 세운 태양의 신전 피라미드다. 허물어져 가는 신전을 지금의 기술로도 복원할 수 없다며 시멘트가 방치되어 있다.

태양의 신전을 뒤로 하고 마주보고 서 있는 달의 신전으로 발길을 옮긴다.

▲ 테요 띠오칸 태양의 신전

마야의 유적지 치첸이사로

세노떼 전사의 신전, 천문 관측소 등을 둘러보면서 마야족의 체취가 아직 남아 어디선가 달려 나올 것만 같다. 허벅지 바깥쪽으로 차서 벽에 매달아 놓은 골대에 공을 넣는 축구경기다. 허벅지가 다 까져서 피투성이가 된 채 며칠 동안 공을 넣을 때까지 경기는 계속된다. 진자는 아스텍 신전에 목이 매어져 제물로 바쳐진다. 마이크도 없던 시절에 경기해설을 하면 저 멀리 있는 상단 위 관중석까지 다 들렸다.

그 구멍으로 제일로 사랑하는 사람의 이름을 불러보란다. 아들의 이름을 불러보면서 무사히 학업을 마치고 돌아오라 나의 신께 기도드린다.

천문 관측소는 전국에서 우수한 인재를 선발하여 수업했던, 학교 건물 잔해 18개 동의 흔적이 아직도 남아 있다. 이때가 마야문명의 최고 정점이었다. 어떤 것도 영원한 것이 없다는 교훈만 남겨져 있

▲ 치첸이사의 천문 관측소

는 치첸이사를 뒤로 하고 나온다. 길목에는 우리의 시골장터처럼 물건들을 난전에서 판다.

이 마을에 들어올 때 보았던 움막에서 그들의 언어를 쓰며 세상과는 단절하고 살아가는 원주민과는 달리, 문명세계에 눈을 뜬 사람들은 그들이 만든 의류와 수공예품 등 다양한 물건들을 팔고 있다.

전자계산기를 갖다 놓고 계산을 하는 문명이 깊숙한 이곳까지 들어와 있다. 파티 때나 입음 직한 등이 훤히 파여져 있는 화려한 원피스를 사서 입고 남미의 여인이 되어 춤을 추리라.

멕시코에서 칸쿤으로

멕시코 공항의 에스컬레이터는 아주 경사가 가파르며 하늘이 환히 보이도록 설계된 3개 층을 합한 것만큼 높다. 균형을 잃고는 에스컬레이터에 누워 버렸다. 천정은 아득히 보이는데 일어설 수가 없다. 돌아가지 못할 것 같은 예감에 모든 걸 써서 맡겨 놓고 떠나온 여행을 생각한다.

체념하고 천정만 바라보고 누워서 한참을 올라가는데 누군가 뒤에서 잡아 일으켜 세워 준다. 마침 건장한 2명의 공항 경비대원이 점심을 먹고 근무 장소로 오던 중에 발견하고는 뒤따라 탔다고 한다. 이 사건으로 떠나올 때의 불안했던 예감 땜을 한 것 같다.

장안동에서 온 부부는 가방이 LA 공항에서 멕시코로 올 때 분실되었다. 긴 여행 중에 누구 한 사람에게 벌어지는 일들이 전체 분위기를 좌우하기 때문에 내 일처럼 서로 걱정을 해 주는 것이 여행의 즐거움이며 정이 드는 기회다.

칸쿤 해변

칸쿤으로 돌아오니 이미 해는 낙조를 길게 늘어뜨려 하루를 마감하고 있다. 카리브해 바닷물에 태평양을 거슬러 올라온 물고기가 되어 다 늦은 저녁 때 몸을 담근다. 바다 밑은 수초가 석회질

▲ 카리브 칸쿤의 해변

모래에 덮여 있다.

이곳을 숨이 멎을 것 같았던 피지의 바다 밑 형형색색의 열대어가 노니는 바다와 같을 것이라 생각했다. 뿌연 석회석으로 뒤덮여 있는 바다 속에 피라미 몇 마리만 노닐고 있다.

저녁식사 때 치첸이사에서 사온 원피스로 갈아입고 남미의 여인이 되어 보려 한다. 용기가 나지 않아 가디건을 걸치고 바다 위 야자수 잎으로 지붕을 덮어 만든 풍속식당으로 갔다.

바닷바람이 치마를 이리저리 흔들다 끝내는 홀랑 뒤집어 버린다. 때마침 남미의 정열적인 노래가 울려 퍼진다. 이 노래를 들으면 어린아이처럼 무척이나 좋아할 지인을 떠올린다.

이제 일에서 놓여나기를 빌어보는 하늘에 별들이 하나둘 반짝인다.

멕시코 칸쿤
— 카리브海의 해오름을 보면서

'본 자도 말을 못하고
못 본 자도 말을 못한다'*는
중남미 카리브海 해오름을 보면서
방랑의 내 영혼 내 모든 짐 내려놓고 갈 작정이다

어젯밤 보았던 석회석 포말의

밀가루 같은 사막 한가운데
아직 뼈처럼 깎아내지 못한 돌들이 걸러지고 있는
끝없는 백사장에 내 영혼은 밀랍처럼 말라든다

석회석 고운 모래를 퍼와 만든
인공의 백사장
파도가 모래를 삼켜 버린 해변에
깎이고 깎이다 남은 석회석 잔돌이
따끔하게 발바닥 찌른다.

부드러운 모래 속에도 진물 나는 옹이는 있는 법
이건 떠나보내지 못한 지구의 옹이 하나
뜨끔한 아침을 맞는다.

*유홍준의 〈중남미 여행기〉에서 패러디

쿠바로

쿠바하면 무엇보다 시가(CI-gar) 물고 서 있는 멋진 체게바라의 모습을 떠올리며 공항으로 간다. 잃어버린 가방이 러시아까지 갔다. 칸쿤 공항에 와 있다는 전갈이다. 가방 하나에 들어 있는 물건 값으로 50달러를 보상받아서 티셔츠 하나 값도 안된다며 투덜거렸는데 가방이 돌아왔다.

모두가 좋아하며 수속을 밟고 있는 옆 대열에 우리나라 대학생들이 배낭여행을 하고 있다. 처음 쿠바로 가는 학생들과 쿠바가 마지막이라며 저희들끼리 서로 정보를 주고받는다.

새로운 나라에 가서 본 것을 신나게 전해 주며 차례를 기다리고 있다. 공항직원이 여권을 주워서 볼 수 있게 높이 들고 동양인이 있는 우리 쪽으로 오고 있다. 공교롭게도 그들 중 한 학생의 것이다. 여권을 잃어버리면 복잡한 절차를 어찌 하려고, 대한의 위상이 높아져 불법으로라도 들어오고 싶은 사람들이 많아 우리의 여권은 금값이다. 겁도 없이 이들은 젊음 하나로 세계를 누비고 다닌다.

이른 새벽에 멕시코를 떠나올 때 호텔에서 점심으로 준비해 준 샌드위치를 학생들에게 건네준다. 제대로 먹지도 못하고 배낭여행하는 저들이 엄마를 만난 것처럼 무척 좋아한다. 기내에 들어서니 내 앞 의자가 벌렁 드러누워져 있다. 발을 얹고 가면 좋겠다고 모두들 한 마디씩 한다. 승무원을 불러 겨우 일으켜 세워도 고정이 되지 않는다. 두 팔로 있는 힘을 다해 내게 젖혀지는 의자를 밀고 있다. 앞자리에 앉아 있는 사람은 똥배가 남산만큼 나온 사람이다. 자기도 미안했던지 'No Problem' 하면서 자기 탓이 아니란다. 나도 알고 있다고 하였다. 다른 승무원을 불러 부탁하니 뭔가를 돌리더니 의자를 고정시켜 준다. 한시름 놓는데 기내에서 연기가 푹 하고 솟아오르는 것이 시골 여름의 방역소독 같다. 모두가 불안해 하고 있는데 얼마의 시간이 흐른 뒤 비행기가 이륙을 시작한다. 화장실에 가 보니 60년대 스텐레스 같은 세면대가 놓여 있으며, 누런 두루마리 화장지가 막대기에 꽂혀 있다. 화장실은 창고처럼 물건이 가득 쌓여 있고 누름 표시도 없어 더듬더듬 이것저것을 눌러보다가 겨우 찾아 물을 내렸다. 이 고물 비행기가 무사히 착륙할 수 있을까, 모두의 얼굴에는 불안한 표정이 역력하다. 그때 누가 고물 비행기라도 한 번도 추락사고가 없었다며 안심시킨다. 잠을 청할 수도 없는 불안한 시간이 지나가고 때마침 안내 방송이 흘러 나온다. 무사히 착륙하는 것을 보고서야 얼마나 마음조리며 왔는지 휴하며 한숨 돌린다.

이때 학생들이 의논이라도 한 것처럼 일제히 안도의 박수를 친다.

입국수속대에서 한 사람 한 사람 사진을 찍으며, 조금만 위치를 잘못 서도 무서운 눈초리로 까다롭게 군다. 일행은 부인의 절차가 오래 걸려 노란선 밖에서 남편은 발을 동동 구른다. 들어가 말을 해 주려고 해도 선을 넘어오지 못하게 한다. 가이드가 우리 뒤를 돌아다니며 저들이 뭐라고 물으면 무조건 모른다 하란다.

잘못 되면 입국도 하지 못하고 쫓겨난다며 주의를 준다. 수속을 힘들게 마치고 나오니 실내는 전력이 부족하여 썰렁하고 어두컴컴하다. 이때 대구에서 온 나자 씨가 무엇을 보려고 이런 나라에 사람들이 많이 몰려오는지 알 수 없다면서 투덜거린다.

우리와 체제가 다른 공산주의 나라를 호기심어린 눈으로 젊은이들은 배낭 하나 달랑 메고 찾아온다. 서울말을 썩 잘하는 원주민 가이드가 우리를 맞이한다. 쿠바는 우리와 수교가 되어 있지 않아 교포가 한 사람도 살지 않는다. 의아하여 물어 본다. 본인은 남한이 잘 사는 것을 알고 어떻게 하면 갈 수 있을까 하다 티벳으로, 또 다시 북한으로 가서 카셋 테입을 들으면서 서울 말씨를 익혔단다. 가이드는 쿠바에서는 엘리트라 할 수 있는 고등학교 교사였다. 그러나 수입이 훨씬 많은 가이드 일을 한다. 야자수 거리는 남미의 풍광들인데 벽돌이 다 떨어져 나간 폐허 같은 커다란 건물들이 서 있다.

3차 전쟁이 터질 것 같다는 어른들의 이야기를 어릴 때 들었던 쿠바다. 여기 와 보니 체제가 뭔지 달러도 받지 않고 자기들의 화폐 페소만 받는다. 잠시 머물다 갈 여행객들의 주머니도 닫히게 한다. 스페인과 미국이 점령하였을 때 세워진 건물들이 수리나 보수의 흔적

도 없이 덩그러니 남아 유령 같은 도시다. 코밑에 화약고를 둔 것처
럼 언제나 위험한 이곳은 미국의 눈엣가시 같다.

하바나(Havana) 혁명광장에서

체게바라여*!
가우초, 팜파스의 평안을 버리고
혁명이라는 기치 아래 피델 카스트로 형제와
네가 생각하는 공평한 사회를 만들고도 싶었겠지

'하바나 시가' 물고 골똘히 생각해 보거라
동지 카스트로의 배신은 또 다른 배신을 불러
이국땅 볼리비아에서 너의 생은 암살로 끝을 맺었지

체게바라여!

쿠바행 기내에 앉으니 의자가 벌렁 나자빠져 있고
화장실은 60년대 스텐 세면대 한 조각 갖다 놓았다
막대기에 끼여 있는 두루마리 누런 화장지며
기내에 소독연기 같은 것이 푹하고 솟아올라도
그것이 무슨 연기인지 우리는 알 수 없었고
아무도 물어볼 수도 없었다

스페인과 미국이 남겨 놓은 건물들과
열대 숲은 그대로인데 냉기가 흐르고
건물의 벽돌이 금방 떨어질 것 같다
체제가 뭔지 달러도 받지 않는다는 이념의 산물을 보면서
체게바라에게 묻노니

여기가
네가 목숨 건 낙원이냐

*체게바라(1928~1967)는 아르헨티나의 가우초, 대 팜파스의
지주 막내아들로 태어났다. 세계적인 코르도바 국립대학 의
과를 나와 안정된 직장과 생활이 보장되었다. 그러나 대학동
기인 피델 카스트로 형제와 쿠바 혁명에 뛰어들게 되었다.

▲ 체게바라 광장에서

파나마 운하를 경유하여
페루(Peru)의 수도 리마에 도착

리마공항에 밤 1시가 넘어서 도착했다. 새벽에 겨우 눈을 붙이는 둥 마는 둥하고 아침 일찍 고대 잉카제국 쿠스코를 가기위해 교통의 중심지 리마공항으로 간다. 대서양과 태평양이 만나는 파나마 운하는 짙은 안개로 자주 항공기가 결항된다. 오전 내내 기다리다 되돌아와서 리마 시내관광을 한다. 1535년 스페인의 정복자 피사로에 의해서 건설된 도읍으로 쿠스코에서 리마로 수도를 옮겨 아르마스 광장을 중심으로 도시를 건설하였다. 피사로의 유체 미라가 유리관에 안치되어 있는 대성당을 둘러본다. 산마루틴 장군과 시몬 볼리바르는 페루, 볼리비아, 아르헨티나를 스페인으로부터 독립시켰다. 그러나 모든 권한을 시몬 볼리바르에게 넘기고 군인이 정권을 잡는 것을 반대한다면서 낙향하였다. 그의 동상 앞에서 진정한 조국애와 충직한 군인정신에 나그네도 경의를 표한다.

저 멀리 보이는 산들은 안데스 산맥의 발원지란다. 회색으로 뒤덮인 풀 한 포기 없는 비탈진 산에 천막 같은 집들로 울긋불긋하다. 안데스 산맥의 물이 내려와 6개월 동안 비 한 방울 떨어지지 않는 이곳에 가로수와 꽃들은 스프링과 호수로 물을 주어서 키운다. 남극으로부터 차가운 해류가 겨우내 페루 해안을 따라 북쪽으로 흘러간다. 전 세계의 기후에 큰 영향을 미치는 엘리뇨 현상이 이곳 해안에서 발생한다. 중남미 여행은 예측불허라 하더니 지금까지 많은 나라를 다녀도 비행기가 결항된 적은 처음이다. 우기 때 돌도그르 도그르

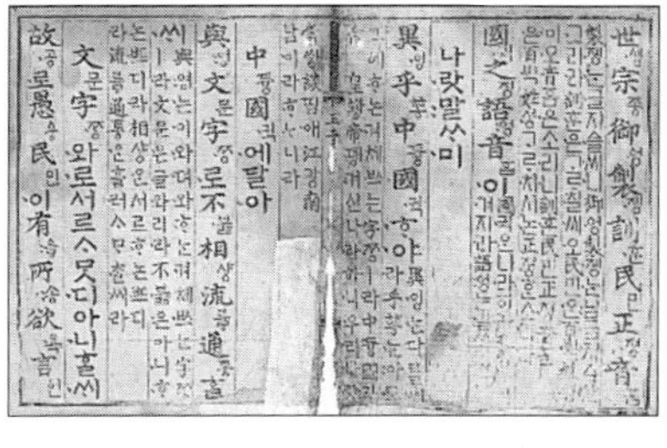

자갈이 굴러가는 소리를 낸다고 하여 리막 강이라 한다. 다리를 건너는데 한쪽 벽면에 '나랏 말쌋미' 란 우리의 훈민정음이 쓰여 있다. AFC 총회가 열렸을 때 SK 회장이 대표연설을 한 곳이란다.

페루하면 일본인 후지모리 대통령이 10년 권좌를 누렸던 나라다. 일황 잔치를 일본 대사관에서 베풀다 무장공비한테 공격을 당했다. 141일의 인질극 끝에 후지모리 대통령의 진두지휘로 공습부대를 훈련시켜, 대통령 본인이 방탄조끼를 입고 한 명의 부상자도 없이 탈출 시켰다. 그러나 지금은 구속되어 있다. 그의 딸 후지모리가 대통령후보에 나선 플래카드가 여기저기에 걸려 있다. 국적을 불문하고 나라의 경제를 잘 이끈 그를 페루 국민들은 그리워하다, 그의 딸을 지지하는 국민이 많아졌다고 한다. 남한의 13배나 되는 국토를 잘 사는 나라로 이끌어 갈 영도자가 절실한 시점이다. 페루 국민들의 올바른 선택을 빌어주면서 쿠스코로 발길을 옮긴다.

세계의 배꼽 쿠스코(Cusco)로

어제 공항에서 같이 기다렸던 잉카후예들 대가족이 오늘 우리와 같이 수속을 밟는다. 우리 일행 2명이 빠진 채 예약되어 있다. 리마공항의 쉴 새 없는 커넥팅 때문에 이런 일이 자주 일어난단다. 게이트 번호만 확인하고 타면 되는 인천공항과는 사뭇 다르다. 비행기 넘버를 보지 않으면 영락없이 엉뚱한 비행기를 탄다고 한다.

쿠스코로 가는 Lan Flight에서 미시간 주에 산다는 디자이너를 만났다. 그녀는 3주간 중남미를 돌아볼 계획으로 가고 있다. 대학생인 아들과 남편을 집에 남겨두고 자기만의 여행이란다. 본인의 이름을 Ann Arbor Michigan이라 써주며 나의 여로에 행운을 빌어준다.

애비냐 태양의 거리, 이들은 천둥, 무지개, 이 모든 자연을 신으로 섬긴다. 1443년 우리의 훈민정음이 창제되던 시기에 스페인 점령군이 쳐들어와 42년 동안 저항했다. 태양신을 믿는 이들은 전투를 하다 신께 경배하는 사이 스페인 군이 점령해 버렸다. 해발 3400m 고지에 나무 한 그루 자랄 수 없는 이 척박한 땅에서 해가 뜨면 태양신을 믿고, 무지개가 뜨면 일곱 빛깔 신을 믿으며 살아왔다.

잉카제국 왕궁이 부서진 자리에 성당이 세워져 있다. 제국주의 스페인아 중남미를 다 집어 삼키고도 배가 고팠더냐. 이곳은 50만 인구에 하루 2천명이 넘는 관광객이 온다. 스페인이 쳐들어오기 전에는 깃털 있는 동물은 없었다. 이 고지대에는 나무 한 그루 자랄 수 없어 오스트리아에서 유칼리트 나무를 불하받아 심었다. 지금은 군데군데 나무가 보인다.

비행기에서 내리니 어지럽고 메스꺼운 것이 고산지대가 실감난다. 우리는 제각기 조제해 온 약을 먹어 보지만 소용이 없다. 식당에 도착하여 이곳에서 나는 차를 마시니 조금 가라앉는다.

▲ 세계의 배꼽 쿠스코

고산지대의 나무들이 키가 작듯 이곳 사람들도 키가 작다. 적들로부터 도시를 방어하기에는 유리하겠지만 무엇으로 백성과 군사를 먹일 수 있었을까. 얼마나 날이 가물면 비를 잉카의 눈물이라 했을까.

그런데 알고 보니 쿠스코 근처에는 성스러운 계곡이라 불리는 대규모 곡창지대가 펼쳐져 있다. 전 세계인의 주식으로 자리잡은 감자와 옥수수의 고향이기도 하다. 감자는 유럽에 전파한 이후 자본주의 후발국인 독일과 러시아는 감자 때문에 대규모 군대를 양성할 수 있었다. 나스카 사막으로 가는 새벽 들판에 아무것도 보이지 않았다. 그 희뿌연 어둠 속에서 유독 하얗게 보였으며 등대처럼 길을 밝혀주었던 것이 감자 꽃이었다.

아르마스 광장의 주교좌 성당

화려한 금장식으로 눈이 부시다. 민족말살 정책으로 성당을 세워 그들의 종교를 믿도록 했다.

정복당한 잉카의 유적들은 철저히 사라지고 금붙이들은 녹여서 스페인으로 보내졌다.

신성로마제국의 황제를 꿈꿨던 카를로스 5세가 뇌물로 사용하기 위해서 고대 잉카 유물들은 철저히 파괴되어 갔다. 십자가에 매달린 예수님은 하얀색 피부가 아닌 원주민과 같은 적갈색 피부다.

슬픈 표정을 한 〈모레노 예수〉를 벽에 그려 넣으면서 어떤 감정이었을까.

정복자 그들의 신神을 자신들의 토속 신앙과 뒤섞은 끝에 결국 수호성인으로 변모시킨 라틴 아메리카인들의 애달픈 지난한 역사에 가슴이 먹먹해 온다.

▲ 십자가에 매달린 예수님

불멸의 12각 건축물

잉카 석축은 다각형 다면체로 같은 것이 하나도 없다. 만리장성은 흙으로 찍어서 쌓았다. 이곳 석축은 다 각각의 무게와 크기의 돌들로 쌓여져 있다. 돌 사이에 나무를 심어 그 뿌리가 팽창해

▲ 석축으로 쌓은 12각 건축물

져 돌이 쪼개졌다. 각각 몇 톤의 거대한 돌들이 칼로 자르듯 정교하게 맞물려 있는 건축물이다. 잉카인들이 양을 키우며 스웨터를 짜서 파는 산길을 올라간다.

버스에서 내릴 때부터 내 옆을 바짝 따르는 아이와 같이 가서 스웨터를 사는데 옆에서 친절하게 흥정을 해 준다. 내려올 때 팔짱을 끼고 와준 배려에 2달러를 주고 버스에 오르는데 상인은 그 아이의 아버지였다.

쿠스코(Cusco)

세계의 배꼽
숨이 턱턱 막혀 오는 해발 3400m 고지
나무 한 포기 자랄 수 없는 이 땅에서
해가 뜨면 태양신을 믿고, 무지개가 뜨면
일곱 빛깔 신을 믿으며 살아온 이들
잉카제국 왕궁이 부서진 자리에 성당이 세워져 있다

제국주의 스페인아
중남미를 다 점령하고도
또, 배가 고팠더냐

눈 맑은 잉카소녀 따라 산길에 올라서니

산중턱에 펼쳐 놓은 노점에서
한 올 한 올 짜진 앙고라 스웨터를 샀다
그 아이가 주라는 대로 값을 다 주었다

소녀의 팔짱을 끼고 산을 내려와
2달러를 주고 버스에 오르는데
상인은 그 아이의 아버지였다

어여쁜 아이야!
누가 그 상술을 가르쳐 주더냐
네 눈 속에 세상 때 담지 말고
맑은 하늘빛만 담거라

조상이 섬겼던 태양신 섬기며
문명의 세계 보지 말거라
태고 적 그 모습대로 살아가거라

마추피추(Machupicchu) 잃어버린 도시에서

안데스 산맥에 있는 마추피추는 구전과 문헌에 적혀 있는 것을 토대로 1911년 7월 미국 사학자 하이람 빙함(Hiram Bingham) 교수에 의해 발견되었다. 처음에는 언덕을 기어서 올라갔다. 산과 절벽에 가려져 있어 공중에서만 볼 수 있는 곳이라 하여 잃어버린 도시, 공중도시라 부른다. 도시 절반 가량이 경사면에 세워져 있고 유적 주위는 견고하게 성벽으로 쌓여져 있는 완전 요새의 모양을 갖추고 있다. 스페인 정복자들의 손길이 미치지 않은 유일한 잉카문화가 남아 있는 도시다. 태양시계, 콘돌 피라미드 등 유적이 남아 있다.

돌을 정확하게 잘라 붙여서 계단식 밭을 만들고 배수시설까지 갖추고 있는 세계 7대 불가사의중 하나다. 욜란타이 탐보 기차역에서 기차를 타고 하루아침에 새벽안개처럼 사라져 버린, 잃어버린 공중도시 마추피추를 향해 달린다. 이곳은 우루밤바(Urubamba) 강의 우거진 숲에 가려져 있어 400년 동안 숨겨져 있었다.

▲ 마추피추

　계단식 밭은 1만 명 정도 사람들의 양식을 생산할 수 있는 규모의 공중도시다. 스페인 침략을 피해 찾아들어온 하늘도시, 그들이 제2의 잉카제국을 찾아 떠난 자리에 새들만 유유히 날고 있다. 자연의 태양인 잉카족이여, 게으름 부리지 말 것, 거짓말하지 말 것, 도둑질하지 말 것, 하늘도시에 이런 좌표가 필요하였던 것이냐.

　마추피추 정상까지 관광객을 실어 나르는 버스의 진동으로 태양의 신전 기울기가 해마다 벌어져 틈새가 보인다. 유네스코에서 관광객 인원을 줄이라 경고해도 이 나라의 주 수입원은 여기다. 제일 빠르게 시공할 수 있는 회사를 찾다, 우리나라 도로공사에서 구간 구간을 먼저 도로포장 재료를 만들어 놓고 밤사이에 이어 붙이는 공법으로 공사를 할 예정이라고 한다. 하루 빨리 공사가 마무리 되어서 마야문명의 흔적이 영원히 지속되길 빌어주면서 내려온다.

마추피추(Machupicchu) 잃어버린 도시

저들 삶 놔두고 사라진 공중도시
나라 잃은 나그네 하늘 길 따라가다
누구도 찾을 수 없는 이곳에 발을 쉬었다

자연의 태양인 잉카족이여
게으름 부리지 말 것 거짓말하지 말 것
도둑질하지 말 것
하늘도시에 이런 좌표가 필요하였던 것이냐

태양의 처녀들, 걷지 못하는 노인들
묘지에 묻어두고 공중도시 비밀 지키려
제2의 잉카제국 찾아 떠난 텅 빈 마추피추 계곡에
새들만 목을 축이고 있다

'하이람 빙함'*이여 이 고요를 깨워야만 했었나

*미국의 역사학자이며 구전으로 내려오는 것을 토대로 우르밤바 강 밀림에 가려 하늘에서만 볼 수 있는 험난한 마추피추를 1911년 7월 24일에 발견하고는 처음에는 기어서 올라가서 찾았다.

빠라까스 물개 섬으로

▲ 빠라까스 물개섬

모두들 유치원 아이들처럼 들떠 있다. TV에서 보던 물개를 모터보트를 타고 바다로 나가 가까이서 볼 수 있다는 기대로 빠른 걸음이다. 먼 바다로 나오니 까만 돌에 누워있는 물개 가족들이 옹기종기 서로 몸을 부비고 낮잠이다. 수놈은 큰 바위에 꿈쩍도 않고 대자로 가로 누워 이 섬의 주인답게 낮잠에 빠져 있다.

저 수놈이 호령하고 있는 이 섬에 아무도 얼씬도 못할 것 같은데 높은 바위 위에 바다로 연결된 사다리가 보인다. 갈매기 똥 구아노(Guano)를 육지로 운반하는 작은 선착장이란다. 새들의 배설물은 과

수뇽장 퇴비로 쓴다. 이들의 자연보호에 물개들은 오늘도 바다로 첨
벙 뛰어든다.

물개 섬에서

반질반질 검은 조약돌 틈새
꿈틀꿈틀 아빠 물개 새끼 물개
조약돌과 물개는 한 가족 같다
빠라까스 물개 섬은 요술쟁이다

물개도 조약돌도 춤추게 한다
파도가 출렁하면 물개도 출렁
조약돌도 출렁
모두 모두 춤추는
빠라까스 물개 섬

▼ 물개섬

나스카 사막으로

도시락을 차에 싣고 끝없는 사막을 달린다. 간혹 우리나라 도로에서처럼 뭔가를 측량하고 있다. 저 사막 언덕에 무엇 할 것이 있다고 뙤약볕에서 하얀 횟가루를 뿌리며 측량을 할까 하였다. 하나도 쓸모없어 보이는 저 사막도 개인 소유와 국가 소유가 있다고 한다.

불하받은 땅에 블록을 쌓아서 얼기설기 지붕 같은 천막도 쳐져 있다. 허허사막에 수숫대로 천정이 없는 것은 여기도 무허가 건물이란다. 낮에 리마 시내에서 잠깐 바뀌는 신호 때 텀블링을 넘기도 하고 구걸하던 아이들이 밤이 되면 지붕도 없는 저곳에서 밤을 보낸단다. 낮에는 시내로 몰려들기 때문에 유동인구가 많으며 도둑과 강도로 치안이 불안하다고 한다.

아침부터 가도 가도 보이는 것은 사막뿐이다. 도시락 먹을 마땅한 장소가 없어 다들 배가 고파도 참으며 사막을 달린다. 점심때가 훨

▲ 나스카 사막에서 본 오아시스

씬 지난 시간 바닷가에 싸릿대로 얼기설기 쳐진 곳으로 가서 장소제공 값으로 1달러를 내고 점심을 먹는다. 김치볶음 감자볶음 멸치조림으로 준비한 도시락은 여태껏 먹어 본 음식 중에서 최고의 만찬이라며 이구동성이다. 일행은 먹고 남은 반찬을 저녁에 먹겠다고 남겨서 싸 가지고 간다.

오아시스하면 사막을 지나는 낙타와 사람들의 목마름을 달래주는 물줄기 정도로 생각했다. 여기에는 야자수 나무가 서 있으며 호수에는 사람들이 보트를 타고 있다. 오아시스 옆에는 아주 미세하고 부드러운 모래가 바람에 휘날려 작은 지층처럼 형성되어 있는 사막이다. 우리를 태운 샌더카 기사는 모래언덕을 넘으며 공중묘기를 한다. 사막은 모래와 바람의 괴성이 어우러져 알 수 없는 노래를 하고 있다.

모래의 춤
― 나스카 오아시스에서

모래가 토한 눈물이었더냐
사막은 아픔을 속으로
삼킨 모래의 수정체
그들의 합창이다

뱀의 혀보다 더 빨리
날름거리는
모래의 춤 별들의 노래다
어찌 노래와 춤만 있었겠느냐

지난한 아픔의 알갱이들
달빛에도 부서지는 낙타의 사랑
마른 눈물 결정체는
어느 여인의 동공 속에서
출렁거리며 울고 있을 뿐이다

바람의 장막은 잠에서 깨어나지 못하고

저들이 밤새 눈물로 적신 사막의
소통되지 못한 아픔들을
사람들은 오아시스라 부른다

아직도 풀리지 않는 나스카 사막의 신비를 경비행기를 타고 보려
고 서두른다. 여행할 때 해박한 가이드를 만나는 것은 피로를 덜어
주며 선물을 한 보따리 받은 기분이다.

중남미의 정거장인 리마 공항은 파나마 운하 안개로 결항이 다반
사다. 언제나 붐벼 예약을 했어도 꼭 확인을 해야만 한다.

쿠스코로 갈 때 우리 팀 13명의 비행 날짜가 다르게 예약되어 있
다. 부부가 떨어져 행동해야 되는 상황에 지사장의 재빠른 처리로

▲ 나스카(Nazca) 사막의 지상 그림

무사히 쿠스코와 마추피추를 둘러볼 수 있었다. 무엇이 마리나 라이에* 여사를 이 사막에서 50여 년을 헤매게 했었나. 아직도 풀리지 않는 수수께끼를 찾아 세계인들은 방랑자가 되어 찾아온다.

경비행기를 첫 번째로 예약해 두었다는데, 일본팀도 첫 번째로 예약을 받았단다. 첫 번째는 하나지, 둘이 있나 하는데, 나스카 경비행장 TV에서 일본어로 자막이 나온다. 아참 이곳은 후지모리 대통령이 10년을 권좌에 있었지…….

우리 6명과 저들 6명씩 먼저 타기로 그쪽 인솔자와 타협을 하고 기다린다. 멀미약을 먹어야 된다기에 어제 기내에서 일본 여러 곳을 여행했던 이야기로 말을 튼, 간호학과 학생에게 멀미약 2알을 얻었다. 나스카 사막은 1934년 페루의 제이콥 조종사가 쌍발기를 조종하

▲ 나스카(Nazca) 사막 경비행기

다 발견한 돌로 된 사막이다. 나스카 평원의 지상 그림은 여태껏 아무도 그림의 암호를 해독하지 못하였다. 우주선 활주로, 콘돌, 고래, 펠리컨, 토끼, 원숭이, 허밍버드* 약 9천여 개의 도형들이 BC 700여 년 전 그렸을 것이라 추측만 할 뿐이다.

이 헛헛한 사막에 허밍버드 새가 새벽 이슬을 먹으려 찾아오듯 세계에서 사람들이 몰려온다. 이 수수께끼 그림은 지상에서 헬리콥터를 타고서만 볼 수 있다.

몇 년 전 비행사고로 숨진 사건이 있었단다. 그런데도 많은 사람들은 호기심을 좇아 오늘도 내일도 어디론가 달려갈 것이다.

* '마리나 라이에' 기념관 팔짱낀 사진에 왼쪽 중지가 없다.
*허밍버드 : 새벽에 울며 새벽이슬을 먹고 사는 새

나스카(Nazca) 사막

바람의 춤
모래가루 사방에 흩날린다.
아니, 나스카 사막은 바위의 아픔
물을 기원한 잉카족의 눈물이었더라.

안데스 지류支流 따라
휘갈겨진 무수한 화폭들

그 위 원숭이가 그린 낙서 한 장

새들의 발자국 사람 人자

사막의 숨소리 헛헛한데

'마리나 라이에'*여

당신의 9개 손가락과 원숭이 9개 발가락은

우연의 일치였더냐, 나스카 사막을 떠나지 못하고

풀리지 않는 수수께끼 찾아 50여 년을 헤맨

바람이 지우고 또 그리는 나스카 사막은

바람의 일필휘지—筆揮之다

*마리나 라이에 : 독일의 수학자, 50여 년을 나스카 사막을 떠
나지 못하고 연구하다 손가락 하나마저 잃었으며 93세에 세
상을 떠났다.

리마로 돌아오다

리마 한정식 담장에 서서 우리를 맞이하던 눈 맑은 소년에게 달러 한 푼 주지 못한 것이 못내 마음에 걸렸다. 다시 이 식당에 오게 되어 해묵은 짐을 털어내는 것 같다. 어느 연극배우는 아이를 보자마자 그 아이가 눈에 밟혀서 입양을 하였다.

며칠 전처럼 담장에 서 있는 그 아이에게 버스에서 내리자마자 내 마음을 달러로 대신한다.

담장에 선 작은 아이야
― 리마 한정식 집

아이야 눈을 감아 버려라
차라리 보지 말거라, 문명의 세계를 알지 말거라
너와 다른 이방인을 맞이하며

서투른 말 '어서 오세요' 보다
차라리 웃음을 보여라
길거리에서 텀블링하던 너를 데려왔었다지

모래사막에 수숫대 세워 지붕도 없이
하늘을 이불 삼아 잠자던 아이야
북대서양 남태평양이 만나 안개 자욱한 하늘에
별도 볼 수 없어, 꿈도 키울 수 없었더냐
주술 같은 언어로 살아가는 아이야
그것이 진정 지구를 지키는 바람이었으면 좋겠다

겁에 질린 듯 눈이 맑은 아이야!
아무것도 두려워 말거라
너의 방식대로 살아가거라
네가 내 눈에 자꾸만 밟힌단다
내가 내미는 건 1달러 이것뿐

아이야…

브라질

온갖 것들이 썩고 끓어오르고 폭발하는 남미 대륙의 검은 아메리카 브라질이다. 강력한 생명력을 자랑하는 나라 지구 전체 숲의 30%에 달하는 야생의 밀림 아마존이 있다. 날카로운 원시성의 두려움에 가까운 경외심을 불러 일으킨다.

다큐멘터리 〈아마존의 눈물〉에서도 보았듯이 인간의 접근을 허용하지 않는 신성불가침의 영역으로 남아 있다.

해마다 한두 명은 죽어간다는 폭발적인 열정의 향연 삼바축제도 빼놓을 수 없다. 정복자 스페인이 사탕수수 농장의 노동자로 아프리카 흑인을 끌고 왔다. 노예의 리듬이 섞여서 탄생한 독창적이고 다채로운 리듬으로 유니크한 매력을 발산하는 브라질이다.

Catedral Metropolitana 대성당

가이드가 성당에 간다 하니 모두가 시큰둥하다. 그동안 유럽 등지를 다녀 온 여행의 마지막이라 할 수 있는 중남미를 온 사람들이다. 여느 성당과는 다르다며 가이드는 삼바축제로 복잡한

▲ Catedral Metropolitana 대성당

시내를 빠져 나와 시청사로 간다.

도착해 보니 100년(1964~1976)이 더 걸려 완공되었다는 2만 명을 수용할 수 있는 원추형의 피라미드로 벽 전체가 12면 구조물로 되어 있다. 둥근 바닥에 기둥이 하나도 없는 웅장한 성당이다. 묵주를 사는 사람, 기도를 바치는 사람, 모두가 내면의 소원을 빌고 있다.

삼바와 파벨라

"날씬하게 볕에 그을린
앳되고 예쁜 이빠네마에서 온 소녀가 걸어가네.
걸음걸이는 삼바 리듬
경쾌하게 흔들며 부드럽게 움직이네
좋아한다고 말하고 싶지만
내 마음을 주고 싶지만
아, 그녀는 내가 있는지조차 알아차리지 못하네
그저 바다를 바라보고 있을 뿐"

*이빠네마에서 온 소녀(Ipanema The Girl From) 중에서

리오데 자네이로(Rio de janeiro)

상파울로 공항에 내려 '리오데 자네이로' 로 향한다. 이곳이 시드니, 나폴리와 함께 세계 3대 미항 중 하나다. 마중 나온 가이드는 아침까지만 해도 비가 많이 내렸는데 여러분은 복 받은 분들이라며 한껏 추켜 세운다. 리오데 자네이로는 1502년 1월 과나바라 만(灣)을 발견한 포르투갈의 탐험가가 이 만을 강으로 착각한 것에서 1월의 강이라는 뜻이다.

포르투갈에서 독립하여 브라질리아로 천도되기 전까지 수도는 줄곧 이곳이었다. 남한의 80배나 되는 나라, 삼바축제, 이구아수 폭포 등 브라질 여정을 떠올리며 첫날을 맞는다.

이 화려한 휴양지 이면에는 리오데 자네이로의 어두운 그림자를 적나라하게 드러낸 영화 〈City of God〉, 세계 최고 휴양지 전역에 빈민촌 파벨라(Favela)가 있다. 파벨라의 명칭이 '신의 도시' 인 이곳에서는 부자가 되기 위한 방법은 부잣집 자식으로 태어나는 길 밖에

▲ 삼바축제

없다는 누군가의 절망적인 수치다.

　노력해도 잘 살 수 있다는 희망조차 없는 한 파벨라는 영원히 지속될 것이다. 저 멀리 보이는 언덕의 다닥다닥 붙은 움막은 지옥과 천당을 말해 주는 것 같다.

이빠네마 해변에서

때마침 우리는 삼바축제 오픈식하는 날에 도착했다. 어제 리마에서의 비행기 결항은 1년 동안 삼바학교에서 준비한 세계인이 들썩거리는 축제의 날에 오게 된 또 하나의 행운이다. 이빠네마 해변에 들르니 화려하게 장식한 조형물들로 거리를 가득 메우고 춤추고 노래하는 그야말로 광란의 장면들이다.

화려하게 장치한 조형물들이 크레인에 실려간다. 그 위에서 춤추는 무용수들과 거리를 가득 메운 대열은 하나의 극장무대가 움직이는 것 같다. 그들이 주는 샴페인을 마

▲ 삼바축제

▲ 이빠네마 해변

시며 삼바축제의 일원이 되어 신나게 춤을 춘다.

살바도르의 노예들이 그들 주인의 옷을 입고 가면을 쓰고 1년에 한 번 춤을 춘 것이 유례가 되어 지금까지 내려오는 행사가 삼바축제다. 거리에는 삼바학교에서 학생들이 준비한 왕궁, 설경을 배경으로 만든 순록과 각양각색으로 만든 커다란 조형물을 크레인에 싣고 행사장인 운동장으로 간다. 참으로 그 장엄한 광경을 눈으로 직접 보지 않고는 말하지 말라 하고 싶다.

해변 식당에 들어서니 온통 벽면과 천정에 세계 유명 연예인들의 사진과 싸인이 전시되어 있다. 화려한 조형물들이 행사장으로 가는 도로는 또 하나의 장관을 연출한다. 크레인을 따라가면서 조형물들을 바로 옆에서 볼 수 있는 것은 이번 여행이 가져다 준 덤이다.

호텔로 돌아오니 직원들과 관광객들은 밤새도록 중계되는 삼바축제를 보기 위해 프론트 앞에 모여 있다. 어젯밤 국제전화도 연결시켜 주지 못한 교환수 할머니에게 메모지를 좀 달라 하니, 룸 탁자에 깔려져 있던 기름종이를 잘라서 스탬플러로 집어진 것을 내민다.

어제 페루에서 에이포 용지 2장을 얻은 것은 큰 행운이었다. 모두가 물자를 아껴 쓰고 또 아껴 쓴다. 도탄에 빠진 나라를 룰라 대통령이 이나마 올려놓았는데도 아직도 어려운 경제사정이다.

대통령에 당선되자 노동운동을 접고 정치가로 나라를 다스렸던 그에게 노동자들이 "룰라 너는 누구 편이냐" 물었다. "다만 금속노동자일 뿐이다"라 답하며 8년간 바닥난 브라질 경제를 반석으로 끌어올려 놓고, 아름다운 퇴장을 한 룰라 같은 대통령을 수입해 올 수는 없을까.

코르코바도(Moro do corcovado) 언덕
그리스도 상

코르코바도 언덕에 양팔을 벌리고 홀로 서 있는 세계에서 가장 큰 예수님 상이다. 1931년 브라질 독립 100주년을 기념해 국민을 한 마음으로 뭉치게 하기 위해 만들었다. 해발 800여 미터에 세

▲ 코스모 베로 산악기차역 예수그리스도 철골상

▲ 코르코바도 언덕 그리스도상

위진 높이 30m 양팔의 길이가 28m이며 전신에 납석을 발라 만든 두 팔 벌린 1145톤의 예수그리스도상이다. 해안지구에서 그 모습을 보면 햇빛에 반사되어 새하얀 십자가의 모양으로 보이고 저녁에는 조명을 받아 하늘에 떠있는 신비로운 모습이다. 그리스도상은 리오 데 자네이로를 상징하는 랜드 마크다. 어제부터 멀리서만 바라보았던 그리스도 상을 만날 수 있다는 흥분으로 코스모 베로(Cosmo velho) 산악기차를 타고 간다. 길은 외길이라 당연히 다 왔을 것이라 생각했는데 대구에서 오신 분이 안 보인다. 다행히 당황하지 않고 기차역에서 기다리고 있어 가이드를 만날 수 있었다.

무사한 여행을 위하여 다시 전열을 가다듬듯 남자처럼 무뚝뚝한 인솔 가이드의 훈시를 들었다. 현지 가이드가 여러분은 복이 많은 분들이다. 한껏 추켜세워 주는 칭찬에 날씨 걱정은 하지 않고 다녔다. 그런데 정상에서 예수님 동상이 안개구름에 가려서 제대로 볼 수 없고서야 자만이 불러온 대가라며 모두가 한 마디씩 한다.

리오데 자네이로(Rio de janeiro) 크루즈 관광

항구로 가는 도로는 지난밤 삼바축제로 여기저기 통제된 곳이 많다. 우리는 시내 구석구석을 덤으로 돌아볼 수 있었다. 가이드가 절반만 찬성하면 옵션으로 모두 크루즈 관광을 해야 된다고

▲ 리오데 자네이로 크루즈 관광 선상에서 바라본 슈가르프산

한다. 노르웨이의 끝없는 피오르드 크루즈 관광을 떠올리며 선착장에서 기다리고 있는데 깜짝 놀랐다.

비가 부슬부슬 내리는데 배 둘레가 비닐 천으로 펄럭펄럭 휘날리는 배를 타라고 한다. 일행 중 여자 둘씩 짝이 되어 온 2팀은 쇼핑하려 어디론가 가고 없다. 남은 우리들은 속은 것 같은 기분으로 어쩔 수 없이 배에 오른다.

바다에는 고기잡이 어선들이 한가로이 가랑비에 젖으며 그물로 고기를 잡고 있다. 저 멀리 일명 설탕의 산이라 불리는 슈가르프 산과 사면의 작고 낮은 산들의 경치며 3대 미항인 이곳을 천천히 둘러본다. 처음 비닐로 쳐져 있던 바람막이를 보고 놀랐던 가슴도 차츰 진정되어 간다. 스피커에서 노래가 흘러나오니 남미특유의 흥이 많은 사람들은 배 안을 빙빙 돌기도 하며 춤이 시작된다.

기분도 전환할 겸 어른 아이 할 것 없이 춤추는 대열에 끼어서 춤을 춘다. 그들과 어울려 어느덧 만灣을 한 바퀴 다 돌았다. 초등학생 남매는 엄마를 위해 통역 역할을 톡톡히 해낸다. 그들과 작별을 하며 현지인들과 어울리는 관광이 훨씬 몸에 와 닿는다.

이구아수(IguAzú) 폭포

오늘은 자국민 가이드와 교포 보조 가이드를 대동하고 나왔다. 얼마나 인권비가 싸면 우리 팀 인원은 13명뿐인데 저럴까. 주 가이드는 30살 교포 2세다. 초등학교 때 부모를 따라 이민 왔

▲ 아구아수 폭포

을 때는 여기가 시원했다고 한다. 지금은 에어컨을 켜지 않으면 여름나기가 힘들단다.

가이드는 걸을 수 없다는 나자 씨를 땀을 비 오듯 흘리면서 휠체어로 밀고 다닌다. 물건 하나를 살 적에도 절반을 뚝 자르지 않으면 직성이 풀리지 않는다는 그녀다. 가이드에게 제대로 인사를 치를지 하면서 모두가 걱정을 한다. 가는 도중에 사진 찍을 수 있는 장소가 만들어져 있다. 이제 겨우 폭포가 시작인데 우리는 차례를 기다리며 사진을 찍는다.

미국의 루즈벨트 영부인 엘리노어 루즈벨트가 이구아수 폭포를 보자마자 탄식하듯 "Oh poor niagara", 나이아가라 폭포는 한갓 수도꼭지에 불과하다고 한 감탄사를 이구아수 폭포 앞에 서서 먹먹했던 가슴을 쓸어내린다.

*세계 3대 폭포 : 아프리카 잠바브웨의 빅토리아 폭포, 이구아수 폭포, 나이아가라 폭포

이구아수(IguAzú) 폭포

300개가 넘는 저 물줄기

아마존의 눈물이었더냐
아마존의 춤이었더냐
쏟아져 내리는 광란의 물보라

마음 한 자락 폭포에 흘려 보낸다

물은 물의 눈물을 만들고
춤추다 추다 쏟아 내리는 물보라
무지개를 만들고 구름을 만든다

삶이란 울기 위한, 살기 위한 흐름인지
엄마 뱃속부터 첫울음 울고 나오지 않았던가
태고의 흔적, 이구아수 폭포는 운다

네가 후련해질 때까지
더 크게 울어라
지구가 식어질 때까지

악마의(Devils) 목구멍(Throat)

천지를 울리며 진동하는 300개가 넘는 수천 톤의 물줄기에서 무지개가 뜨고 진다. '신들의 거처'라 여기며 다가가기를 두려워했던, 그 옛날 원주민들처럼 장엄한 풍광 앞에서 내 발걸음도

▲ 악마의 목구멍

얼어붙어 버린다. 저 거센 물줄기 속으로 무엇이 날고 있다. 가이드
가 폭포 속 바위틈에 사는 텃새란다. 아마존 숲속 다 놓아두고 거센
폭포와 맞서며 모험을 즐기고 있다. 영화 미션에서 원주민들이 십자
가에 매달린 선교사를 장엄하게 떨어뜨린 장면이 바로 여기다.

악마의 목구멍

저 거대한 물보라
악마의 목구멍

저기 아주 작은 텃새 한 마리
폭포 밑 바위에서 날고 있다
푸른 아마존 숲 놔두고
거세게 흐르는 물살과 맞서
바위틈에 집을 지었다

저 광란狂亂
넋 놓고 바라볼 뿐인데
지구를 삼켜 버릴 것 같은 물줄기
무엇에 그리 화가 났단 말이냐
너를 감히 근접도 할 수 없는
악마의 목구멍 앞에서

마쿠꼬 사파리(Macuco Safari) 정글투어

오픈 트레일러 2량을 연결한 지프차가 정글 속으로 난 좁은 길을 덜커덩거리면서 간다. 태고 적 그대로 간직한 숲속에 퓨마도 있다. 2000여 종의 희귀식물과 1000여 종의 동물이 서식하는

▲ 아마존 숲속 나비

자연박물관을 지나가니 산마르틴 선착장이다.

비옷으로 갈아입고 떨어지는 폭포의 물속으로 들어간다. 보트 기사는 공가속 페달을 밟더니 야생마처럼 갑자기 돌진한다. 멈춤과 과속 페달을 밟아 뛰어 오르는 순간 세찬 물벼락이 온몸에 쏟아지면서 물세례를 받는다.

폭포의 굉음과 함께 요란한 악마의 목구멍에 무지개가 떠 있다. 그것은 폭포가 빚어낸 천상과 땅의 합창이 아닐까.

디께로 댐과
파라과이(Paragua) 전자 도매상가

디께로 댐은 브라질과 파라과이가 공동으로 건설하여 여기서 모든 동력을 끌어다 쓰고 있다. 세계에서 2번째로 큰 댐이며 전력은 세계 1위다. 이 댐을 건설할 때 아르헨티나에서는 '부에노스 아이레스'가 물속에 다 잠긴다며 시공할 당시 엄청나게 반대했었다. 지금은 아마존의 허파로 숲을 보호하고 있다. 다리 중간을 각기 자국의 국기 색깔로 흰색 반과 파란색 반으로 색칠해져 있다. 다리 위 절반부터가 브라질과 파라과이의 국경이다.

댐의 직원은 반반씩 두 나라 직원으로 운영되어지고 있다. 이 댐은 아마존 자연을 지키는 버팀목 역할을 한다. 댐을 둘러보는데 저 멀리 여자들은 머리에 무거운 짐을 이고 아이 손을 잡고 가는데 남자들은 어슬렁어슬렁 혼자서 걸어간다. 적들의 침략으로부터 가족을 보호하는 것이란다. 전쟁에서 많은 남자들이 전사했기 때문에 인구증가 정책상 법적으로 허용된 일부다처제의 남성 천국이다.

▲ 다께로 댐과 파라과이 브라질 국경선 다리

다리를 넘어 파라과이 전자 도매상가에 왔다. 나스카 사막에서 카메라에 모래가 들어갔는지 작동되지 않아 페루 공항에서 다시 구입했다. 똑같은 모델인데 가격이 이곳과는 많이 차이가 난다.

브라질, 아르헨티나 등지에서 파라과이로 건너와 전자제품을 사가는 중남미의 최대 도매상이다. 이곳은 세계에서 가장 물건 값이 싸다고 한다.

아르헨티나 보카항으로

100여 년 전 이탈리아와 스페인 등지에서 증기선에 몸을 실었다. 수백만 이민자들은 새로운 미래를 꿈꾸며 보카항에 첫발을 내딛었다. 아르헨티나 드림에 들뜬 그들은 장밋빛 미래에

▲ 보카항

▲축구선수 마라도나의 고향에 있는 축구장

취해 있었다. 그러나 대서양을 건넌 이탈리아 노동자들 앞에 놓인 것은 하루 종일 조선소와 피혁공장에서 매캐한 공기를 마시는 일이었다.

축구선수 「마라도나」의 고향으로도 유명하다. 이곳의 집들과 거리는 그때 페인트가 부족하여 유럽에서 들어오는 대로 집을 하나하나 칠했다. 집들의 모양도 다르고 색깔도 다른 장난감 집들이 늘어서 있는 것 같다. 가죽하면 소를 방목해서 키우는 남미라면서 가이드가 가죽이 좋다고 소개하는 가방은 100불에서 1불도 깎을 수가 없는 정찰제다. 거리마다 탱고 춤을 추고 있는 자유분방한 젊은이들을 보면서 보카항에서 산 빨간색 가방을 둘러메고 남미의 여인이 되어본다.

부에노스아이레스 시내관광

5월 광장으로 가는 길은 세계에서 가장 넓은 20차선 도로다. 중앙에는 2차선 정도 넓이의 화단으로 되어 있다. 시드니 오페라하우스보다 더 크게 지어진 이곳 오페라 하우스에 플라밍고 도밍고, 파파로티, 우리의 조수미도 이 무대에 섰다. 넓은 땅에 이민 온 유럽인들은 지하철(1857~1910)도 완공시켰으며, 1300km나 되는 안데스 산맥까지 도로를 건설하였다. 이때 유토피아라는 단어가 처음 생겨났다고 한다.

레꼴레타(Recoleta) 묘지로

묘 지를 지나던 관광객이 대문에 초인종을 눌렀다고 한다. 꼭 사람이 사는 마을처럼 잘 꾸며져 있다. 묘지 지기는 자신이 평생 모은 전 재산을 맡기며 이 묘지에 묻어 달라는 유언을 남기고

▲ 레꼴레타 묘지

▲ 레꼴레타 묘지

권총으로 자살을 했다. 이처럼 이곳에 묻히는 것을 상류사회에서는 영광으로 생각한다. 지금도 가난한 후손은 묘지를 팔아서 생계를 유지하는 사람도 있으며 우리 돈으로 1억이 넘는다.

삶과 죽음이 함께하는 레꼴레타 묘지는 전 세계에서 가장 예술적인 묘지다. 사후에 묻힌 장소에 따라 계급이 평가되는 이곳은 영원한 잠을 자는 아르헨티나인들의 사후 최고급 주택가다. 에비타를 안치하려 하였을 때 귀족 출신이 아니라며, 영부인까지 지낸 그녀를 페론 대통령과는 멀리 떨어진 곳에 묻었다. 사후에 평가가 엇갈리는 그녀를 추앙하는 사람들의 발길이 오늘도 끊기지 않는다.

페론과 에비타는 에바페론 자선재단을 세우고 무료학교, 무료병원, 여자 동등권 등을 펼쳤다. 부정과 복지정책으로 국고를 다 탕진한 나머지 지금 태어나는 아이마다 응애하고 울음을 터트리는 순간부터 5500불의 부채를 안고 태어난다.

복지에 익숙해진 국민들은 힘든 일은 하지 않는다. 칠레, 볼리비아, 페루 등 이웃나라의 노동자들이 와서 일한다.

　차창 밖으로 보이는 긴 대열은 불법으로 체류하는 사람들이 아르헨티나 비자를 받기 위해 선 대열이다. 가이드 부모도 의류업에 종사하고 있다고 한다. 아르헨티나 자국민을 점원으로 채용해 보지만 1개월 이상 넘기지 못하고 그만 둔단다. 그들은 복지정책 공짜에 이미 습성이 되어 5월 광장에 나가 시위를 한다. 관광객들의 버스도 그들의 시위에 막혀 대통령궁, 대성당 등을 둘러보지 못하고 발길을 돌려야 하는 때도 있단다.

　광장에 있는 로댕의 '생각하는 사람' 조각상조차도 어떻게 하면 놀까, 어떻게 하면 임금을 올려 받을까를 생각한다고 한다. 잘 사는 우리 교민들은 유럽으로 재이민을 떠나고 남은 교민들은 대부분 의류판매업에 종사하는데 값싼 중국산들이 들어와 장사하기가 무척 힘들단다.

▲ 로댕의 생각하는 사람

레꼴레타 묘지

불꽃처럼 살다 간 에비타여
팜파스 농원에서 쫓겨난 설움
가난한 자의 비애를 안 당신
국고를 열어 복지정책을 편
퍼스트레이디 당신의 묘비에
오늘도 방문객이 끊기지 않는구려

빵을 달라 피켓 든 시위대가
공짜를 요구하고 불안한 치안으로
담장과 대문은 창살로 감옥 같구려
에비타여 당신이 꿈꾸는 나라는
이 지구상 어디냐

지금도 손을 벌리며
당신의 선한 뜻은 국민을 놀고 먹는
게으름뱅이로 만들고 말았구나

네 나라에선
로댕의 생각하는 사람도 어떻게 하면 놀까
어떻게 하면 임금을 올려 받을까를
생각한다네.

와인의 고장 칠레(Chile)로

남미대륙의 태평양 연안에 자리잡은 남북 길이 4329km로 폭은 175km로 좁고 긴 나라다. 남부는 해안선이 복잡한 피오르드로 형성되어 있으며, 남한의 8배나 되는 넓은 국토를 가지고 있다. 우리와는 자유무역협정(FTA)이 체결되어 있어 칠레산 포도와 와인은 우리에게 익숙해져 있다.

칠레하면 〈산티아고에 비가 내린다(It's raining on Santiago)〉를 먼저 떠 올리게 된다. 피노체트를 위시한 군부 쿠데타 세력에게 허무하게 무너져 간 그날, 아옌데 대통령은 직접 소총을 들고 폭격하는 비행기에 맞섰다. 그의 곁에는 경호원 수십 명만 자리를 지켜주었다. 망명할 기회를 주었으나 거절하며 "위대한 길을 믿습니다. 희생의 가치를 믿습니다. 저는 칠레의 운명을 믿습니다. 머지않아 위대한 길이 다시 열리고 자유인들이 더 나은 사회를 건설하기 위해 걸어갈 것입니다. 제 희생이 헛되지 않을 것임을 확신하고 적어도 비겁, 반역을 처벌할 도덕적 교훈이 될 것임을 확신합니다.”

칠레 국민들은 눈물을 꾹꾹 눌러 참으며 자신들이 뽑은 대통령의 마지막 연설을 들었다. 파블로 네루다가 사회당 대통령 후보를 아옌데에게 물려주고 고향에서 조용히 시작詩作에만 몰두하고 있었다. 그때 라디오 뉴스를 듣고 ‘아옌데, 아옌데’ 부르면서 울고 있었다. 그의 집을 수색하는 쿠데타 군을 향해 그는 “이 집에 위험한 것이라고는 단 하나 밖에 없네, 그것은 바로 詩라네.”

영화 〈일 포스티노〉에서 우편배달부에게 친절하게 시작법을 가르치는 노시인老詩人의 모습은 넉넉했다. 스무 편의 사랑 시와 한 편의 절망 노래로 세계적인 시인은 주변의 반대를 무릅쓰고 두 번의 이혼을 감행한 뒤 셋째 부인 마틸다를 선택한 로맨티스트 노신사다.

“당신 덕분에 내 몸에서 시가 터져 나온다”는 수줍은 고백이라니……. 그에게 가장 어울리는 호칭은 평생 가난한 사람들에 대한 애정을 놓지 않았다. 리얼리스트였던 대문호 파블로 네루다가 살아서 숨 쉬고 있는 듯하다.

오늘도 와인을 마시면서 거리마다 시를 암송하는 낭만이 흐르는 광장에서 이렇게 읊조려 본다.

파블로 네루다 詩 중에서

“그러니까 그 나이였다
시가 날아온 것은 난 모른다

어디서 왔는지

겨울에서인지 강에서인지 언제 어떻게 왔는지

내 입은 이름들을 도무지 대지 못했고, 두 눈은 멀어 버렸다

그리고 무언가 내 영혼 속에서 꿈틀거렸다

열병으로 잃어버린 날개들이

그 불에 탄 상처를 해독하며

난 고독해졌다

그리고 막연하게 첫 행을 썼다"

망명 대열에 있었던 아옌데 대통령의 5촌 조카 이사벨 아옌데가 쓴 소설의 영화 〈영혼의 집에서〉 "나는 복수를 하지 않을 것이다. 나는 무시무시한 연결고리를 부수어야만 한다. 내 과업은 삶이며 내 임무는 증오만을 키우는 것이 아니다. 투사가 되어 지하로 숨어든 내 사랑 미구엘을 기다리면서 내 옆에 놓여 있는 할아버지의 시체를 묻으면서 더 나은 시간들을 기대하면서 새 생명을 뱃속에 키우면서……." 이렇게 모든 이야기들을 노트에 기록해 나갈 것이다.

망명지 베네수엘라에서 응어리를 풀어내듯 써내려 간 소설에서 용서를 말했다. 시인들이 담대하게 시를 읊조리는 묘한 공존을 볼 수 있는 산티아고다.

노벨문학상 수상작가인 거인 「파블로 네루다」의 〈그것은 바로 詩라네〉를 떠올리며 광장을 떠나온다.

비냐델 마르 해변으로

숙소로 가고 있는데 일본 대지진으로 칠레도 위험하단다. 무엇보다 동경에 있는 아들이 걱정된다. 비행기를 같이 탄 도쿄에서 온 사람을 만나 그곳은 무사하다는 소식을 듣고서야 한시름 놓았다.

이민 온 지 25년 된다는 의류업에 종사하는 중년의 가이드는 나이 지긋한 그룹이 오면 가끔씩 안내를 한다며 내일 일정은 비냐델 마르 해변으로 간단다. 쓰나미가 온다는데 꼭 가야만 되나 하면서 밤늦게 숙소로 향한다.

쓰나미로 일본열도를 초토화시켜 버린 태풍은 이곳 칠레의 아침 기온도 뚝 떨어뜨려 놓았다. 모두가 항구로 간다 하기에 가벼운 옷차림이다. 추워서 버스 안에서 두꺼운 옷으로 갈아입고 가는 창가로 와인의 고장답게 포도밭들이 대평원을 이루고 있다. 포도밭 주위엔 장미꽃이 만발해 있다. 포도 옆에 장미를 심어 병충해도 막아 주고 장미꽃은 일본으로 수출한다.

천혜의 칠레산 꿀과 프로폴리스(Prosodies)를 사고 비냐델 마르 항구로 향한다. 가는 도중에 바다가 훤히 내려다보이는 공원에 잠시 버스를 멈춰 세운다. 맞은편 언덕에 다닥다닥 붙은 집들은 사람들이 산다 하기에는 브라질에서 보았던 빈민촌 파벨라를 보는 것 같다.

비냐델 마르 해안 언덕 집들은 아랫집 옥상은 윗집의 앞마당 정원으로 설계되어져 장난감 집처럼 예쁘게 지어져 있다.

1961년 10도가 넘는 강진으로 마을이 없어져 버린 참담한 경험을 가진 이 항구에는 해일이 들어왔다가 나갈 수 있도록 설계되어 있다. 항구에는 쓰나미 경고로 군함들이 바다 한가운데 정박해 있다. 그래야만 배가 파손되지 않는단다.

오늘 마지막 여정을 끝내고 지구 반대편 저 멀리 태평양을 건너서

▲비냐델 마르 해안 언덕 위의 집들

바라보는 끝없는 지평선은 엄마 품처럼 따뜻한 체온으로 다가온다. 생선요리와 칠레 와인을 곁들인 점심을 먹고 나오니 군함들이 보이지 않는다. 쓰나미도 다 해제되었다.

공항으로 가는 차창 밖으로 보이는 산들과 길가, 풀 한 포기마다 나는 그들에게 작별의 인사를 보낸다. 살아서 다시 이곳을 올 수 없다는 사실에 지구 반대편 이곳 살아 있는 모든 것들에게 잠시 스쳐가는 나그네의 인사를 받아달라며 손을 흔든다. 밤을 날아 남미의 정문인 리마를 거쳐 LA공항에 도착했다.

눈에 익은 승무원 유니폼을 보니 이미 내 나라에 도착한 기분이다. 조카 결혼식에 가는 사람, 상을 당해서 가는 사람, 어떤 할머니는 3개나 되는 커다란 가방을 가지고 대열에 끼여 있다. 흑인 공안원이 먼저 통관을 시켜 준다. 우리나라 인구 중 1년에 10%가 중남미를 여행한다는 대열에 끼어서 걷던 걸음을 거두고 내 나라 인천공항으로 향한다.

2부

하와이(HAWAII) 호놀룰루(Honolulu)로/ 이올라니(Iolani) 궁전(Palace)으로/ 와이키키(Waikiki) 해변으로/ 폴리네시안(Polynesia) 민속촌(Cultural Center)/ 파이프라인(Pipeline) 해변으로/ 알로하(Aloha) 크루즈(Cruise)

하와이(HAWAII) 호놀룰루(Honolulu)로

연일 호놀룰루에서 AFC 행사가 열리는 보도를 TV에서 보아왔던 터라 마음은 미리 가 있는 설렘이다. 밤을 날아 호놀룰루 공항에 도착하니 조개껍질로 만든 목걸이를 걸어주며 현지 가이드가 우리 일행을 반긴다.

1941년 12월 7일 고요한 일요일 아침 진주만에 일본의 잘 훈련된 가미카제(神風) 정신으로 무장된 그들이 비행기 기체와 함께 떨어져 산화되어 갔던 진주만이다. 약소국의 설움을 안고 남의 나라 잔치에 조선의 젊은이들이 진주만에 몸을 날렸다. 이곳은 아무 일도 없었다는 듯 새로운 역사를 쓰고 있다.

하와이는 백인 1/3과 일본인 1/3, 주인인 원주민과 어울려 유일하게 유색 인종차별이 없는 곳이다. 이곳 백인들은 일본인들을 두고 고요한 휴일 기습 폭격한 나쁜 놈이라 하지 않고, 조그만 섬나라가 용기 있는 행동을 했다며 자국의 공군기지에 나타난 이상기류를 무시해 버린 죄목으로 이곳 군인들만이 본국으로 가지 못하는 수모를 감내하고 실수를 책임진다.

밤새 날아온 일정은 관광으로부터 시작이다. 팔리산 전망대 일명 안개산에서 내려다보이는 초원과 작은 협곡들로 어우러진 풍광들이 나그네의 내장까지 서늘하게 한다.

일행은 그동안 사업장을 비워둘 수 없었다. 남은 여생은 서해 낙조처럼 마지막을 아름답게 불태우며 살다 가리라 나선 여정이다. 떠나오기 이틀 전 지갑 잃어버린 일로 마음 한구석 어두웠는데, 저 풍광을 보고는 무거웠던 마음도 말끔히 사라졌다고 한다.

나야 무엇이 어찌 되었든 상관 않고 떠나는 방랑자의 삶이 이미 몸에 배어 있어 아무렇지도 않지만, 그들은 조그만 일에도 '하필 이 일이' 하며 연관지어져 생각되나 보다. 이렇게 한두 번 떠나 보면 그 두려움도 없어지겠지 하고 빌어보는데, 안개산의 바람은 쓰고 있는 모자마저도 무겁다며 다 비우고 떠나라 세차게 불어온다.

이올라니(Iolani) 궁전(Palace)으로

크고 작은 124개 섬과 주요 섬 8개로 이루어진 하와이를 통일시킨 카메하메하 대왕 동상이 서 있는 이올라니 궁전을 둘러본다. 100년간 8대에 걸쳐 다스린 그림 같은 아름다운 하와이의 빅

▲ 이올라니 궁전 카메하메하 동상

토리아풍 궁전이다. 알로하(Aloha oe)를 작곡한 릴리우오칼라니 여왕
이 마지막 퇴임할 때까지 살았던 곳이다. 주기 안에는 영국 국기가
그려져 있다. 영국이 지배하고 이 궁전을 지어주었으나, 지금은 미
국 본토의 유일한 궁전이다. 지구 어디에도 힘없는 나라는 존재할
수 없다는 교훈만 남긴 채 카메하메하 대왕 동상이 쓸쓸히 서 있다.

호눌룰루 공항의 파도

파도는 백경의 춤을 춘다
둥글게 둥글게
물의 춤을 추어 바치는
파도는 바다의 용틀임이다

성난 파도를 떠나지 못한 영혼이 있다
가미카제神風* 그들의 전쟁 놀음에
진주만에 산화된 대한의 아들들이여
약소국의 설움은 곧 죽음이었다

너울너울 백경의 춤은
떠나지 못하는 아픔이었다

*제2차 대전 때 진주만에 비행기 기체와 함께 산화되었다.

와이키키(Waikiki) 해변으로

노래로만 들어왔던 와이키키 해변 알로하 연정 흥겨운 가락을 흥얼거리며 해변을 걸어 본다. 1800년대 하와이를 지배했던 칼라카우아 왕은 훌라를 마음의 언어라 했다. 이들은 뜨거운 사랑의 표현을 레이(Leis) 꽃으로 목걸이를 만들어 목에 걸고 흥겨운 춤을 춘다. 아침저녁으로는 초여름 날씨 같은데 한낮의 와이키키 해변은 젊은이들의 벌거벗은 나신裸身의 축제장 같다. 추수감사절 연휴로 크리스마스 캐럴 송이 거리마다 흘러 나오고 발걸음도 한결 가벼워진다.

거리에 흘러 나오는 캐럴 송을 따라 흥얼거리면서 다니는 일행에게 외국인들이 듣고는 당신의 크리스마스 노래가 최고라며 칭찬을 한다. 그 분위기에 해변의 쇼핑센터에서 티셔츠를 고르는 나도 한껏 고무되어 가격표의 달러를 환산해 볼 생각도 않고 하와이 이 글자에 매료되어 사고 있다.

폴리네시안(Polynesia) 민속촌(Cultural Center)

폴리네시안은 17만 제곱미터의 태평양지역 최대 규모의 테마 파크다. 타히티, 통가, 피지, 마케사스, 사모아, 뉴질랜드, 하와이 등 남태평양 7개 섬의 모습을 그대로 재현한 민속촌으로 이루어져 있다. 입구에 들어서자 레이 꽃으로 만든 목걸이를 걸어주는 꽃같이 아름다운 안내자들과 사진을 찍는다.

고대 원주민들이 즐기던 놀이와 예술품 그들의 춤과 노래를 통해 폴리네시아 지역에 살던, 사람들의 생활을 엿볼 수 있는 민속촌에 카누를 타고 들어왔다.

원주민들이 우리를 맞이하며 한 사람씩 나오라 한다. 그들이 북을 두드리며 내는 소리를 흉내내는 것이다. 사업장을 뒤로 하고 어려운 여행을 나선 일행에게, 모든 것을 잊어버리고 일에서 헤어나기를 바라며 등 떠밀어 내보낸다.

각 나라의 관광객들을 불러 모아놓고 그들을 따라 북을 두드리는

▲ 폴리네시안 민속촌 카누

놀이다. 그들의 소리를 누가 더 큰 소리로 따라 할 수 있는가를 박수 소리로 1등을 뽑는다. 각자 제 나라의 명예를 걸고 지지 않겠다며 있는 힘을 다해 흉내를 낸다. 상은 야자수 잎으로 만든 물고기를 모자에 꽂아준다. 원주민과 같이한 쇼가 끝난 뒤 그들과 사진도 찍으며 즐거운 시간이었다.

우리나라 원두막 같은 곳에서 물고기도 만들어 보며 섬사람이 되어 본다. 현지 가이드는 앞 팀을 먼저 보내고 3시까지 데리러 오겠다 하고 나갔다. 기다리며 마냥 시간만 흘려 보내고 있었다. 바로 옆에서 북소리로 소란하여도 엄마 손을 놓친 아기마냥 우리는 가이드 오기만 기다린다.

하루에 한 번 밖에 열리지 않는 카누를 타고 원주민 무희들의 쇼가 펼쳐지는 선상 특별 이벤트다. 시간에 맞춰 오지 않으면 볼 수도 없는 귀한 볼거리를 뒤늦게야 가서 관람을 한다. 놓치고 갈 뻔한 공연을 보고 있는데 빨리 나오라는 전갈이다.

현지 가이드의 실수로 바로 옆에서 펼쳐지는 카누 쇼를 일부만 보고 나온다. 그 만큼이라도 보았으니 다행이라며 모두가 아쉬움을 추스르며 버스에 오른다.

파이프라인(Pipeline) 해변으로

모든 프로서퍼가 꿈꾸는 서핑의 유토피아 파이프라인 해변에 왔다. 포스터나 엽서를 장식한 서핑 장면은 대부분 이곳에서 촬영을 한다. 선셋 해변 공원은 오하우 섬 북부를 대표하는 바닷가에 여기저기 경고문 팻말이 얼마나 위험한가를 말해 주고 있다.

거센 파도를 타는 서핑 맛을 본 사람은 헤어나지를 못한다고 한다. 어느 일본인 서핑 애호가는 출근하기 전에 바다로 나가 서핑을 타지 않으면 하루 종일 일이 손에 잡히지 않는다며 매일 바다에 나갔다. 부인이 "서핑을 선택하든지 가정을 선택하든지" 하라는 이혼 경고에 위험한 서핑을 그만 두었다는 이야기로 섬을 돌아 나온다. 추수감사절 블랙 파일 포 세일을 하는 쇼핑몰로 간다. 가수들의 춤과 노래로 소란스러운 이곳을 피해 북 스토어로 가서 사전을 찾아도 해석할 능력도 되지 않는 나에게 일행은 영시英詩 시집을 사 주며 더 좋은 시를 쓰라고 주는 선물이란다. 돌아오는 길에 택시 기사는 본

▲ 파이프라인 해변

인을 베트남 사람이라고 소개한다.

마침 이곳은 추수감사절 연휴이자 주말이라 한산하던 평소와는 달리 인파로 거리가 만원이란다. 택시미터기가 속절없이 올라가 망설이다 차에서 내려 걷기로 하였다. 우리가 묵고 있는 호텔 명함을 보여주니 '4블록 고 스트레이트'를 몇 번이나 기사에게 확인하고 내렸다. 앞으로 가라는 말만 믿고 한참을 걸어오니 어제 저녁 먹었던 기와로 된 호텔이 보인다.

우리는 숙소의 반대 방향에 와 있다. 되돌아가려니 대리석으로 깔린 인도를 걸었던 발바닥이 화끈거려 더 이상 걸을 수가 없다. 음식점에 들어가려 해도 추수감사절 연휴로 어디에나 긴 행렬로 줄을 서서 기다린다. 눈앞에 보이는 호텔을 향하여 걷고 또 걸었다.

알로하(Aloha) 크루즈(Cruise)

어제 밤길을 헤매다 지쳐 아침에 일어날 수가 없다. 오늘은 자유 투어 시간이라 마우이 섬 등으로 젊은이들은 차를 렌트해서 모두가 떠났다. 가이드에게 어떤 투어에라도 넣어 달라니 이미

▲ 크루즈 선상 원주민

모두가 떠나고 오후에 선상 크루즈만 할 수 있다고 한다. 부탁을 해놓고 쇼핑을 하러 길을 나선다. 마침 택시기사는 한국인으로 이민 와서 의류업에 종사하였다면서 인터내셔날 마켓에 우리를 내려준다. 어제 와이키키 쇼핑몰에서 산 핑크색 티셔츠보다 훨씬 싸다. 티셔츠 3개를 사니 덤으로 초록색 셔츠를 1달러에 준다. 이 행사가 추수감사절 블랙세일이란다.

▲ 알로하 크루즈

추사감사절 포 세일을 만끽하면서 즐거운 쇼핑을 하고 있는데 가이드로부터 전화다. 서둘러 돌아가 셔틀 버스를 타고 크루즈 선박이 머무는 선착장으로 향했다. 뱃머리에서 우리를 맞이하는 무희들과 사진을 찍고 배에 오른다.

선상에는 레이 꽃으로 장식한 원주민 무희들의 춤과 노래로 현란하다. 저 멀리 호놀룰루 야경을 배경으로 빙빙 유람선이 돌면서 펼쳐지는 선상 디너쇼다.

코스 요리로 나온 바다가재와 와인으로 건배하면서 일본인 가족과 인사를 나눈다. 화장기 하나 없는 해맑은 모습을 한 그녀에게 여

대생이냐 물어보니 29세의 직장인이며 남동생도 회사에 다닌다고 한다. 어머니도 일본 여성으로 보이기보다는 한국 사람 비슷하게 생겨 더 친근함을 느낀다.

사위와 며느리, 아들이 와세다대를 나오고, 동경대에서 공부하고 있다는 인연으로 무엇보다 소통이 잘 되어 서로 대화를 주고받는다. 내가 여태껏 본 사람 중에 이렇게 천진난만하게 웃을 수 있는 사람을 본 적이 없다. 이 아가씨가 티 하나 없이 웃으니 나도 정말 오랫만에 마음껏 둘이서 마주보고 몇 번이나 소리내어 웃었다.

말똥 굴러가는 것만 보아도 웃는다는 그 아가씨 따라 실컷 웃고 나니 잃어버린 보물을 찾은 것 같다. 여행에서 돌아와서도 해맑게 웃던 그녀의 환한 모습을 떠올리며 그때의 웃음이 나의 웃음으로 정착되었다. 그렇게 웃으며 살아가리라. 이번 여행에서의 무엇보다 큰 수확이다.

3부

로렐라이 언덕에서

'옛 날부터 전해 오는 쓸쓸한 이야기 가슴 속에 그립게도 끝없이 떠오른다. 구름 걷힌 하늘 아래 고요한 라인강 저녁 빛이 찬란하다 로렐라이 언덕.'

하이네 시에서처럼 아름다울 것이라 잔뜩 기대를 하며 아름다운 강물 위 〈구름 걷힌 하늘가에 고요한 라인강〉의 절벽을 찾아간다. 하이네가 감격했던 그 강물은 줄어들어 황량한 절벽만이 물 부족을 예고해 주고 있다. 뱃사공들은 흔적도 없이 사라지고 로렐라이 언덕에 뱃사공 노래만 환청으로 들려오는 듯하다.

루브르(Musee edu Louvre) 박물관으로

아름다운 유리로 된 정문의 피라미드가 찬란했던 왕정시대를 잘 말해 주고 있다. 이 왕궁을 프랑스 혁명 이후 나폴레옹에 의해 박물관으로 쓰여졌다.

관광객들로 인산인해를 이루는데 부인을 잃어버린 진도에서 온

▲앵그로 작품 〈그랑 오달리스크〉 나신裸身

분을 남겨두고 현지 가이드와 같이 박물관에 들어갔다.

2번째로 큰 〈나폴레옹 대관식〉 다비드의 작품 앞에 섰다. 왕비 조세핀에게 왕관을 씌우고 있는 장면을 그린 그림이다. 나폴레옹은 이 그림에 대하여 대단히 만족하여 화가 다비드에게 경의를 표했다고 한다. 미로의 〈비너스선〉, 앵그르의 작품 〈그랑 오달리스크〉 나신裸身 앞에는 무엇보다 남자들이 많이 머문다.

이탈리아 화가 레오나르도 다 빈치(Leonard da Vinci, 1452~1519)의 대표작 〈모나리자 미소〉 앞에 사람들이 많이 붐빈다. 눈에 익은 그림인지라 스쳐 지나갔다.

예수님상 벽화 앞에서 잠시 내 눈을 의심했다. 우리가 움직일 때마다 예수님상이 따라 움직이시며, 몇 년 전에 발견하였다고 한다. 미켈란젤로가 혼을 불어넣은 벽화의 예수님이 움직이신다.

밀레의 만종

▲ 밀레의 만종

평온한 전원의 두 손 모은 여인의 기도는 모든 이에게 평온을 가져다준다. 잔잔한 내적 성찰과 하루를 되돌아볼 수 있도록 겸허한 여운을 남긴다. 어떤 흉악한 범죄자도 순한 양이 되게 하는 저 그림을 보고 있노라면, 어느 철학자의 격언보다 어느 시인의 시어詩語로도 다 담을 수 없는 평안함이다. 〈접목하고 있는 농부〉 그림은 끼니를 거르고 땔감도 떨어진 냉방에서 지내던 밀레(Jean Francois Millet, 1814~1875)의 가족을 본 그의 친구 루소(Henri Rousseau, 1844~1910)가 다른 사람이 구해달라는 부탁을 받은 것처럼 하고는 그 당시 300프랑이라는 거액의 돈을 밀레의 손에 쥐어주었다. 몇 년이 흐른 뒤 밀레가 루소의 집을 찾아갔을 때, 집을 비우고 없는 그를 기다리며 집안을 둘러보는데, 낯익은 그림 한 점을 발견한다.

자기의 자존심을 지켜주었던 루소의 아름다운 우정이 〈밀레의 만종〉 등 오늘 루브르 박물관을 있게 한 원동력이 아니었을까.

세느강의 에펠탑에서

젊은 날 가 보지 않은 먼 나라를 얼마나 동경하며 '미라보 다리 아래 세느강이 흐르고' 라며 잔뜩 기대를 하였다. 이 강에 와 보니 거대한 우리의 한강과는 비교도 안 되며 좁다. 그런데도 얼마나 동경해 왔던 곳인가. 사람은 가 보지 못한 곳을 동경하며 꿈을 꾸고 있는 상상의 동물인지도 모른다.

이렇듯 내 옆의 귀하고 아름다운 것을 뒤로 한 채 때로는 허상을 쫓아 떠도는 집시의 피로 떠돌다 가는 티끌인지도 모른다. 한강의 기적을 일구어낸 위력을 실감하면서 세느강의 유람선에 오른다.

에펠탑은 1889년 프랑스 대혁명 100주년을 기념하는 만국 박람회의 얼굴로 만든 작품이다. 지금은 유럽의 상징이라고 제일 먼저 꼽히지만 처음은 "역사와 전통이 흐르는 파리에 높다란 천박스러운 철조물이냐" 며 욕하던 소설가 「기 드 모파상」(Guy de maupassant, 1850~1893)은 그가 사람들과 약속을 하거나 식사할 일이 있으면 항상 에

▲ 에펠탑

펠탑 2층에 있는 레스토랑에서 하였다.

　에펠회사의 직원「모리스 쾨흘린」과「어머닐 누귀에」이 두 사람이 파리에 300m의 건물이나 탑을 세우기로 계획하고 디자인한 것이다. 계약자가 귀스타브 에펠(Gustave Eiffel)로 되어 있어 그의 이름대로 에펠탑이라 이름 지어졌고 설계자의 이름은 묻혀 버린, 계약자 이름으로 우뚝 서 있다.

▲ 개선문

개선문

프랑스의 상징인 개선문은 1806년 승리를 기념하기 위해 나폴레옹의 명령으로 착공하게 되었다. 그러나 그는 개선문의 완공을 보지 못하고 사망하였다. 나폴레옹이 오스테를리츠 전투에서 승리했을 때 부하들에게 만들겠다고 약속했던 개선문이다.

1836년 완공된 문으로 전쟁에서 장군과 병사들이 이 문을 통과하여 입성하였다. 세계 1차 대전에 참전했다가 전사한 무명용사들이 중앙아치 끝에 묻혀 있다. 지금도 묘지의 불빛은 꺼지지 않고 매일 어두운 밤을 밝힌다. 나라를 위해 전사한 무명용사들을 이토록 추앙하고 있다.

그들은 프랑스어가 아니면 영어는 못 알아듣는 척한다. 얄미울 정도로 그들 언어의 위상을 높이고 있는 자존감을 알 것 같다.

몽마르트르(Montmartre) 언덕에 서서

몽마르트르 언덕 테르트르 광장의 무명화가들이 초상화 한 장 그려주고 돈을 벌 수 있다는 것은 그들의 선배 고흐, 피카소, 모딜리아니 등이 이곳에 살았기 때문이 아니었을까. 고흐는 네덜란드에서 건너와 목사의 아들인 그가 얼마나 생활이 어려웠으면 귀를 자르고 자살했을까. 죽고 나서 이름 석자 남겼지만, 오늘 각국의 관광객들이 찾는 이곳을 있게 한 원동력이다. 무명으로 살다 간 예술가들의 숨결이 테르트르 광장의 버팀목으로 서 있다.

10여 년이 흐른 뒤 동인들과 일산 전시회에 갔다. 모딜리아니의 탁월한 데생으로 리드미컬한 힘찬 선을 구상한 작품을 감상하니 더욱 감회가 새롭다. 이탈리아에서 건너온 그는 이곳에서 활동하다 36세에 안타까운 죽음을 맞는다.

남편 모딜리아니의 장례식을 끝내고 다음날 투신자살한 부인 에퓨테른느의 애절한 사랑은 어린 딸을 남겨둔 채 사랑한 남편의 뒤를 따른 그녀의 순애보를 무엇이라 해야 할까.

이 광장에는 유난히 노인 거지들이 많으며, 그들을 돌보는 가정에는 정부에서 경제적 지원을 해 주고 있다. 그런 가정에 들어가길 싫어한다. 자유가 없기 때문에 연금으로 싸구려 포도주를 사 먹으며 거리에서 자유롭게 살아간다.

자유를, 예술을 사랑하는 그들의 낭만이 깃든 테르트르 광장에 서서 나를 돌아본다. 감히 내가 쓴 시에 삽화를 그려 넣고 싶어 유화, 수채화를 몇 년씩 화실에 가서 그려 보았다. 거실과 현관의 몇 점 액자에 담겨 나의 공간에 전시되고 있는 그림은 화가 한혜경 선생님의 도움을 받아 완성한 그림들이다.

그 후 학원에 가서 배워 보았으나, 나 혼자 완성할 수 없음의 한계를 깨닫고 놓은 붓은 화실에 몇 년째 잠자고 있다.

어느 날 문득 생각이 나서 그림 도구를 가져 오려고 전화를 해 보니 불황에 화실 문이 닫힌 채 '부—부' 신호음만 울린다. 그림 그리기를 포기하고 붓글씨로 시를 써서 신묘년 가을 동인들과 전시한다.

붓

조심스레 안에서 밖으로
밖에서 안으로
가녀리게 날아가 어깨 들어 올려

독수리 날개인 양 힘차게
날개 들어 다시 삐친 듯
달려와 발을 내린다

너는 가지런히 결대로 가자 하고
금시 어긋남으로도 획 토라져 버리는
먹물에 흠뻑 젖지 않으면
허물어져 버리는 순한 정절의 여인이여

심장의 고동소리 손끝에 흐르지 않을 땐
따라올 듯, 돌아서 버리는
심장에서 보내는 신호의 혼연일치
붓 끝에 묵향 내뿜으며

스위스

스위스 속담에 "자신의 자유를 보호할 뿐 애써 멀리까지 가서 다른 이들의 일에 간여하지 말라." 너무나 가난했기 때문에 보호할 만 것이 없었고 남의 일에 간여할 만한 것은 더더구나 없었다. 지금도 로마 교황청에서 경비병은 충직한 스위스 병으로 뽑는다. 아이러니하게도 제네바에 유엔본부가 있지만 이 나라는 불참국이다. 1955년 7월 미국, 영국, 프랑스, 소련의 '제네바 회담'이 열렸으며 이승만 박사가 일본의 대만침략을 공박하였다.

레만호에 오리는 한가로이 노니는데, 우리는 아직도 분단된 채로 살아가고 있다. 우리의 통일을 불러보는 호수에 찰리 채플린이 인간의 소외를 날카롭게 풍자한 〈위대한 독재자(The Great Dictator)〉이 한마디로 스위스로 추방되어져서 호수에 떠다니는 오리마냥 자유롭게 살았다.

시인 바이런이 쓴 〈쉬옹성의 죄수〉 서사시의 주인공 민족 영웅

「프랜시스 보니바르」는 제네바의 독립과 종교개혁을 주장하다 당시 사보이 공작에 의해 이 성의 지하 감옥에 수감되어 4년간이나 쇠사슬에 묶여 있었다. 레만 호수(제네바 호수)는 세상에서 쫓겨난 이방인을 말없이 안고 간다. 우리도 남과 북이 총부리 겨누지 말고 중립국으로 하면 안 될까.

혼자 _바이런

땅 위에는
크고 작은 길이 많이 나 있다.

▲ 스위스의 제네바 호수

그러나 모두
지향하는 점은 같다.

말을 타고 갈 수도 차로 갈 수도
둘이서 갈 수도 셋이서 갈 수도 있다.
그러나 마지막 한 걸음은
자기 혼자 걸어야만 한다.

그러니까 아무리 괴로운 일이라도
혼자 하는 것보다 더 나은
지혜도 없으며
능력도 없다.

*바이런(George Gordon Byron, 1788~1824) : 영국의 유명한
낭만파 시인으로 영웅주의적, 자유주의적 정열적인 애정시
를 썼다. '어느 날 아침 눈을 떠보니 갑자기 유명해졌다' 는
그의 말은 유명한 일화로 남아 있다.

진실의 입

진실의 입 원형 석판은 해신 「트리톤」의 얼굴을 조각한 것이다. 〈로마의 휴일〉영화를 보면서 주인공인(오트리 헵번) 양 한껏 부풀어 상상해 본다.

영화 속의 주인공처럼, 젊은 날 부산극장, 대영극장, 지금은 이름도 까마득히 잊어버린 부산우체국 뒤에 있었던, 극장에서 하루에 3편의 영화를 본 적도 있었다.

〈로마의 휴일〉에서 왕궁에서만 살아온 공주도 진실의 입에 손을 넣는 게 두려운데 나 같은 범인凡人이야 오죽하랴. 오금이 저려온다. 단테가 〈신곡〉 2부를 쓰고 있을 때, 폐병에 걸려 신음하고 있었다. 저승사자가 데리러 왔다. 내가 아니면 신곡을 완성할 사람이 없다며 완강히 죽음을 부인하고 신과 맞서서 싸워 신곡을 완성할 수 있었다. 진실의 입에 오금 저리지 않는 자 누가 있으랴.

관광객들로 붐벼 버스는 로마 시내로 들어가지 못하게 통제를 한

▲ 진실의 입

다. 외곽에 차를 세워두고 도보로 또는 택시나 마차를 타고 들어간
다. 늘 관광객으로 붐벼 길바닥의 대리석도 반질반질 윤이 나 있다.
아스팔트였으면 군데군데 땜질 투성이일 테지만 단단한 대리석도
관광에 한몫을 하고 있다.

바티칸, 성 베드로 성당

피에타 상은 많은 사람들의 가슴에 돌아가신 예수와 성모님의 이미지를 뚜렷하게 심어준 성물이다. 1500년 이 작품이 완성되었을 때 25세의 청년 미켈란젤로가 만들었다는 사실을 믿을 수가 없을 만큼, 그의 혼을 불어 넣어 만든 작품이 성 베드로 성당에 모셔져 있다.

수도 로마에는 교황의 힘이 절대적이며 권력의 중심에 선 사람도 교황청 도움 없이는 정권을 행사할 수 없었다. 이곳은 교황의 거처로 사용되고 있다.

전 세계 사람들에게 신년이면 메시지를 전하는 곳을 둘러본다. 전체 인구가 1000여 명의 작은 나라다. 그러나 그 나라를 꿈꾸고 의지하는 국민은 10억 명이 넘는 이 불가사의한 나라는 바로 바티칸이다. 작지만 큰 나라라는 표현이 이처럼 절묘하게 가슴에 와 닿는 경우도 드물다.

▲ 로마의 바티칸 성당 전경

　불과 13만 3천여 평의 나라지만, 바티칸은 크게 두 부분으로 나누어진다. 성 베드로 성당과 바티칸 박물관이다.

　로마의 젖줄이라 할 수 있는 테베레 강 위에 놓인 천사의 다리를 건너면 본격적인 바티칸의 여정이 시작된다.

　성 베드로가 순교하고 묻힌 바티칸은 역대 교황이 주거지로 삼게 되면서 자연스럽게 가톨릭의 중심이 되었다. 1929년 2월 바티칸은 '라테란 조약'에 의해 파시스트 정권으로부터 주권을 가진 독립국으로 인정받게 되었다.

　그때부터 전 세계에서 가장 작은 나라로 알려지게 되었다. 작은 나라 바티칸에는 우체국부터 방송국에 이르기까지 다양한 시설로 가득 차 있다.

베드로의 유택에 성스러운 역대 교황들의 무덤을 보려는 사람들로 붐빈다. '아비뇽(Avignon) 유수' 사건 등 로마의 가톨릭이 파벌로 인한 내부 다툼과 부정부패로 혼란스러웠다. '교황의 바빌론 유수'는 제2의 바빌론 시대라고 칭하여지기도 하였다.

바티칸이 세계를 움직이는 걸 보면서 성당 문을 나선다. 소매치기가 예술이라고 가이드가 일러 준 대로 언제 스쳐 갔는지 등 뒤 가방이 열려 있다.

다행히 카메라가 그대로 있어 한숨 돌렸다.

대전차 경기장에서

▲ 벤허 영화 포스터

〈벤허〉 영화 관람을 두고 선생님들 회의가 길어졌다. 중학교 때 교장선생님은 진실한 불교 신자셨다. 공립인 우리 학교는 일반 선생님들의 의견이 많이 반영되어서 늦은 시간에 영화를 볼 수 있게 되었다.

지금 선화예술학교에 계신 유병무 선생님도 새내기 선생님으로 오셔서 촌뜨기 우리들을 극장에 세워 합창을 하게 하는 등 실력 있는 선생님들이 많은 공립학교였다.

영화가 끝나고 나오니 버스도 끊긴 늦은 시간에 여학생이 혼자뿐이라 남학생들이 기다리고 있었다. 먼 옛날로 돌아가 대전차 경기장에서 찰튼 헤스턴의 명연기며 한센병으로 고통 받던 모녀가 깨끗이 나은 장면이 대전차 경기장 위로 떠간다.

물 위의 도시 베네치아에서

421년 롬바르디아 침입을 피해 산호초 섬으로 도망간 사람들이 소금에 절인 통나무로 만든 물 위의 도시다. 섬인데도 언덕이나 산이 하나도 없다. 집들 지하로 바닷물이 오가는 꼭 요술

▲물 위의 도시 베네치아에서

의 집에 온 것 같다. 집과 집 사이 물 위 골목길을 나룻배를 타고 육지처럼 다닌다. 대문 앞에는 배를 탈 수 있도록 조그만 선착장이 있다.

시장 쪽을 둘러보니 육지의 여느 도시처럼 상점들이 즐비해 있다. 크리스털 공장에는 1000도가 넘는 온도에 녹인 액체를 입김으로 바람을 불어 넣으면 예쁜 장식품들이 순식간에 만들어진다. 쇼핑센터에 온 것마냥 어느 틈에 물 위에 서 있는 것도 잊어 버리고, 예쁜 화병과 목걸이와 귀걸이를 흥정하는 땅 위의 생활 같다.

돌아오라 소렌토로

"아름다운 저 바다와 그리운 그 빛난 햇빛 내 맘 속에 잠시라도 떠날 때가 없도다. 향기로운 꽃 만발한 아름다운 동산에서 내게 준 그 언약 어이하여 잊을까. 멀리 떠나간 그대를 나는 홀로 사모하여 잊지 못할 이곳에서 기다리고 있노라. 돌아오라 이곳을 잊지 말고 돌아오라 소렌토로 돌아오라"라 불렀다. 이곳에 와서 가이드의 설명을 듣고 나의 환상은 송두리째 무너졌다.

그 당시 가뭄 피해 현장을 둘러보러 온 수상에게 우체국조차 없는 소렌토의 어려운 경제상황을 설명한 시장은 수상이 기억할 만한 이벤트를 만들기 위해 자신의 호텔에 고용하고 있던 잠바티스타에게 이 일을 맡겼다. 그는 평소에 시, 노래 등을 곧잘 지었다.

동생에게 감사의 말을 전하기 위하여 만들어 두었던 곡에 가사를 붙여 선을 보였던 곡이다. 그래도 지금껏 생각해 오던 대로 내 그리운 사람을 소렌트로 돌아오라 하리다.

버킹엄 왕궁 근위병 교대식

해가 지지 않는 대영제국 런던으로 해저 터널을 타러 간다. 일행들은 독일에서 휘슬러 밥솥, 후라이팬 등 무거운 것을 들고는 낑낑대며 간다. 밤이 늦어서야 들어서니 호텔은 역사만큼이나 오래된 건물과 낡은 시설에 깊은 잠을 잘 수가 없다.

▲영국 왕실 버킹엄 궁전 근위대의 교대식 광경

새우잠을 자고는 버킹엄 왕궁 근위병 교대식을 보려고 궁 밖에서 시간이 되기를 기다린다. 교대식이 시작되기 1시간 전부터 궁전 주위에 사람들이 몰려들어 발 디딜 틈 없을 정도로 복잡하다. 교대식을 보고 대영제국을 가장 번성하게 했던, 빅토리아 여왕상을 뒤로하고 나온다.

현지 가이드는 서울대학교를 졸업하고 유학을 왔다. 학비가 세계에서 제일 비싼 곳이 영국이라며, 본인은 잠깐씩 나와 안내를 한단다. 공항으로 가는 도중 버버리 매장에 쇼핑을 하고 싶다면 10분만 시간을 주겠단다. 그렇지 않으면 곧장 가겠다며 우리에게 결정하란다.

우리는 버버리 본고장에 와서 안 들러보고 갈 수 없다며 10분이라도 좋다고 하였다. 우리를 상점에 내리게 하고 그는 차에서 내려오지도 않는다. 돈 몇 푼에 흔들리지 않는 그의 당당함에 "역시 서울대학생은 뭐가 달라도 달라" 하면서 10분 내로 쇼핑을 끝내고 유치원생처럼 지시대로 따랐다.

공항으로 향하는 차창가에 영화 〈애수哀愁〉에서 발레리나 마이라와 불란서에서 휴가를 나온 25세의 젊은 장교 로이가 런던이 마지막이 될지도 모른다며, 워터루 다리 위를 걷고 있었다.

그때, 핸드백을 떨어뜨린 마이라를 도와주다 공습경보로 지하역에 대피하던 중 서로 가까워진다. 로이가 출정한다는 말을 듣고 "행운이 있기를 빈다"며 조그만 마스코트를 손에 쥐어 주는 장면이 잔잔히 떠가는 런던을 떠나온다.

4부

노스탤지어(Nostalgia)의 정념情念을 안고/ 간헐천 와카레와레와/ 시드니 허브 브리지(Harbour Bridge)로/ 시드니 오페라 하우스(Sydney Opera House)에서

노스탤지어(Nostalgia)의 정념情念을 안고

– 오스트레일리아(Australia)로

미국 48개주를 합한 것과 같은 나라 호주다. 인구밀도가 세계에서 가장 적은 나라 사람이 귀한 호주 시드니에 발을 내린다. 1770년 제임스 쿡 선장이 시드니 남부 보타니 만(Botany Bay)에 상륙했을 때 새로운 땅이라고 명명한 것이 오스트레일리아다.

차창 밖으로 보이는 것이라곤 집채 무더기만한 당근과 풀 뜯는 소와 양들이 광활한 벌판에 뛰놀고 있다. 저 많은 농작물들은 피지, 사모아 등으로 수출된다고 한다. 야트막한 언덕 밑에는 소와 양들이 지네들끼리 몸을 부비며 밤을 지새운다. 그야말로 방목이다. 농가의 대문 앞에는 양 새끼를 내놓았다. 필요한 사람은 가져가라고 내놓은 것이란다.

하루를 달려 블루마운틴의 석탄 폐광에 왔다. 새로운 땅 뉴질랜드에 석탄 폐광을 관광화시킨 기발한 아이디어에 어리둥절할 뿐이다. 블루마운틴의 잡힐 듯 구름산은 이 갱 속을 오르내리는 트레일러만

큼 오싹한 아름다움의 자태를 보여주고 있다. 석탄 폐광 속의 관광
을 마치고 시드니 돌고래 쇼를 보러 간다. 호숫가를 걷던 중 바람에
모자가 날려가 버렸다.

떠내려가는 모자처럼

나의 삶도 물 위 떠가는
한낱 나뭇잎 조각배이어라
모든 시름 모자에 실어
둥둥 띄워 보내고
괴로웠던 슬펐던 일들일랑
모두 내려두고
훨훨 새털처럼
날아갈 수는 없을까

간헐천 와카레와레와

마오리족 민속공원에 있는 간헐천 와카레와레와로 가기 위해 2002년 오륜마크의 모자를 사서 쓰고 비취색의 시냇물이 흐르는 냇가를 따라가다 돌에 앉으니 우리나라 찜질방같이 따뜻하다.

가이드가 개구리가 뛴다고 하여 보러 갔다. 언뜻 보기에는 정말 개구리가 뛰는 것 같다. 가까이 다가가 보니 화산의 열기로 진흙이 폴딱폴딱 뛰고 있다.

화산의 잔영이 남아 연기가 솟아오르는 새로운 땅에서 꼭 영화 속의 혼령들이 떠다니는 것 같다. 어쩌면 지옥이 이럴는지도 모를 일이다.

저녁에는 민속촌에서 마오리족의 건장한 남성들이 배를 저으며 조상들의 삶을 재현하는 쇼가 펼쳐진다. 일본 고등학생들이 수학여행 와서 같이 관람을 하는 것을 보고, 외국으로 수학여행이라니 하며 놀랜다.

우리를 태우고 다니는 마오리족 관광버스 기사는 혼자 아이 셋을
키워서 다 결혼시키고 손자도 보았단다. 뚱뚱한 몸매에 담배까지 피
우는 그녀를 마냥 씩씩한 아픈 사연 없는 사람으로만 보았다.
　시드니로 오는 고속도로 휴게소에서 호주달러가 없는 내게 빌려
준, 그녀에게 넉넉히 갚아주며 헤어질 때 눈에 괸 눈물을 감춘다.

블루마운틴

갱 속 오르내리는 트레일러에
관광객은 석탄마냥 깊은 굴속을
잡힐 듯 구름을 안고 오르내린다.

천사들이 하늘을 오르내렸던
푸른 안개구름은
나그네의 고단한 발길을 잡는다.

시드니 허브 브리지(Harbour Bridge)로

하늘에 유려한 곡선을 그으며 바다 위에 떠있는 활강 같다. 유람선을 타고 다운타운을 돌아 시드니 오페라 하우스로 간다. 돌과 철로 만들어진 조형물이 바다와 어우러져 저토록 아름다울 수 있을까.

허브 브리지는 1920년 불어 닥친 경제공황을 타개하고 실업자를 구제하기 위한 목적으로 9년 동안 공사하였다.

매일 1400여 명의 노동력과 2천만 달러가 넘는 자원을 투입해서 높이 34m에 세워진 세계에서 2번째로 총길이 1149m나 된다. 다리 밑으로 유람선이 유유히 떠가고 해안선 주변에 잘 가꾸어진 공원은 우리의 한강 같다.

가족들이 소풍 나와 한가로이 오후를 즐기고 있다. 눈에 비치는 풍광은 지상 낙원처럼 보이나 저 다리 위에서 자살하는 사람들이 많다고 한다.

시드니 오페라 하우스(Sydney Opera House)에서

시드니는 세계 3대 미항으로 꼽힌다. 해안선은 고층빌딩과 어우러져 아름다운 스카이 라인을 만들어낸다. 크고 작은 공원과 유럽식 주택들은 삶의 여유를 보여주는 한 단면이다. 호주의 수도는 분명 캔버라(Canberra)이지만 문화, 외교, 경제의 수도만큼은 이곳이 틀림없다.

1957년 시드니를 상징할 수 있는 건축물의 필요성을 절감한 후 주정부는 디자인 콘테스트를 통해 전 세계 건축가의 설계를 공모했다. 32개국 230여점의 작품 가운데 덴마크 건축가 요른 우츤에게 돌아갔다. 하늘과 땅 어디에서 보아도 완벽한 곡선을 그리며 전체적인 모습이 보이도록 설계되어 차별화 되었다.

이 작품 탄생의 이면에는 공모에 참가하려고 고심하던 남편을 위해 과일과 차를 준비하였다. 접시에 놓여있는 오렌지 조각을 보고 "바로 이거야" 하고 소리쳤다. 곧이어 설계도 위에는 오렌지 조각을

▲ 시드니 오페라 하우스

본 뜬 유려한 곡선을 그리며 전체적인 모습이 보이도록 설계된 오페라 하우스가 그려졌다. 착공에서 완공까지 14년이나 걸린 오페라 하우스는 호주뿐 아니라 전 세계에서 손꼽히는 아름다운 건축물 중 하나다.

전 세계인들이 호주의 상징으로 망설임 없이 불릴 정도로 눈부신 건축물은 그 자체만으로도 하나의 예술이다. 바다로 향해 날개를 펼치듯 그 모습은 조개껍질 같기도 하고 오렌지 조각 같기도 하다.

세계적인 명성으로 우뚝 서 있다. 대전 찍고, 부산 찍고 유행가 노랫말처럼 우리는 건물 밖에서 사진만 찍고 돌아서 나온다.

5부

미합중국의 관문 LA로/ LA에서 그랜드캐넌까지/ 라스베이거스로/ 샌프란시스코로/ 내친 김에 멕시코로

미합중국의 관문 LA로

14 92년 콜럼버스가 신대륙을 발견한 이래 유럽 강대국들의 식민지였다.

미국은 1776년 7월 4일 독립선언문을 발표하고 13개 주州로 미합중국을 탄생시킨다. LA는 미국 영화산업인 할리우드와 꿈의 동산 디즈니랜드로 명성이 높다. 우리나라와 미국을 오가는 관문역할을 하는 곳이기도 하다. 55만 명 이상 한인이 거주하며, 코리아타운이 있는 미국 속 한국이다. 한창 조기유학 붐이 일고 있을 때, 손자들 공부할 수 있는 방법이 없나 하고 길을 나선다.

괴테는 "모든 인간은 그가 노력하는 한 방황한다"고 파우스트에서 쓰고 있지 않는가. 마중 나온 교포는 부산에서 이민 와 옷 수선 집을 운영하며 남편은 멕시칸들을 데리고 가드너 일을 한다. 헌옷 함에 버려도 벌써 버렸을 주름 스커트를 입고 나온 그녀의 옷차림을 보고 깜짝 놀랐다.

호텔과 조금 떨어진 곳에 차를 세워 두고 왔단다. 멕시칸들과 흑인들 때문에 밤이면 마음 놓고 다닐 수 없다며 공포에 질린 얼굴이다. 그녀 집에 대학 동기생인 친구인 교수는 한국에서 안식년을 맞아서 와 있다.

꿈을 안고 온 이 광활한 땅에서 새벽이면 부부가 제각기 일터로 나간다. 부모는 슬리퍼를 신고 생활하는데 아이들은 이민 2세로 신발을 신고 거실에 저벅저벅 걸어 다닌다. 주인 없는 집의 풀장에 커다란 개의 그림자만 일렁인다. 제 그림자를 보면서 놀고 있는 개도 사람이 그리웠는지 처음 본 우리를 보고도 짖지 않는다.

이 댁은 집을 장만한 성공한 케이스다. 한국에서 와 며칠씩 머물다 간 사람들이 사다 준 쿠쿠 밥솥, 전기장판 등 모두가 한국제품들이다.

2세들도 한국과 관련된 회사에서 일한다. 교사인 며느리도 한인 학생들의 상담을 위하여 한국어가 가능한 그녀가 채용되었다고 한다. 어머니가 모국어를 철저히 가르친 덕분이란다.

대학원을 나와서 엄격한 심사과정을 통과해야만 교사자격증을 받을 수 있단다. 손자들 유학을 생각하며 학교를 돌아보고 다닌다. 사위 둘은 어릴 때 부모와 자식이 함께 살아야 된단다.

언어 때문에 조기유학을 보낼 수 없다며 지 아내를 설득시킨다. 대학을 졸업하고 가도 늦지 않다고 반대하는데 나는 헛수고만 하고 다닌다.

집 뒤 풀장

넓은 정원의 풀장에서
망중한을 즐기리라 생각했던
나의 환상은 와르르 무너진다
이 집 부부는 바쁜 하루하루다

물 위 나뭇잎 몇 잎 둥둥 떠가고
혼자 집을 지키는 개는
물 속 제 그림자를 바라보며
길게 하품을 떨군다

LA에서 그랜드캐넌까지

대상포진에 걸린 채 길을 나선 여행이다. 옆구리는 뜨끔뜨끔 아프며 버스에 바로 앉을 수도 없다. 배를 쑥 내밀고 아이 밴 사람마냥 하고 다니는 내 꼴이 차창에 비치니 우습기도 하다. 하지만 미대륙 횡단을 얼마나 동경해 왔던가.

차창 밖의 들판에는 홍스 펌프가 찐득찐득한 기름을 퍼 올리고 있다. 이 기계는 옛날 우리 들판에서 가뭄 때 논에 물을 퍼 올리던 방법으로 서울대 홍 박사님이 만들었단다.

홍스 펌프가 석유를 퍼 올리는 새벽 버언한 잉태의 해오름을 맞는다. 풀 한 포기 보이지 않는 누른 황야를 10시간 정도 달려갔다. 007 영화의 황야 같은 곳에서 우리 한글 '서울정'은 너무도 반갑다. 이 곳에서는 밤을 달려 모든 식재료를 LA까지 가서 사온다. 시원한 북어국으로 아침을 먹고 열심히 살아가는 그들의 삶을 뒤로 하고 밴은 달린다.

▲ 그랜드캐년의 장엄한 모습

　새벽부터 누른 벌판만 보고 와서 몹시 눈이 피로하다. 여기서부터 그랜드캐년 모태인 콜로라도 강이 시작된다. 풀들이 제법 파릇파릇하다. 저 멀리 독수리상의 산맥이 우리를 손짓하고 아리조나 인디언 보호구역의 숲속에는 소와 양들이 띄엄띄엄 보인다. 저 넓은 들판의 목초지에서 방목되어지고 있다.

　요세미티 계곡은 1851년 제임스 사비지 소령이 이끄는 2백 명의 대대가 야화니치 인디언들을 추적하면서 이곳에 발을 들어 놓았다. 소속 부대 의사였던 버넬 박사는 자신의 저서 《요세미티 발견》에서 그때 상황을 '두려움에 놀란 계곡'이라고 썼다. 인디언들 그들만의 세계에 군인들이 들이닥쳤을 때 얼마나 두렵고 떨렸을까.

이 울창한 숲에는 산불이 난 그대로 시커멓게 방치해 두었다. 산불이 나도 인위적으로 불에 탄 나무를 베지 않고 자연 그대로 다시 살아나도록 하고 있다.

점령군들이 인디언 터전 이곳을 팔라고 했을 때, 인디언 추장은 "높은 하늘과 산들바람 맑은 물을 어떻게 팔 수가 있지요"라고 했단다. 숲속에서 사람들이 어른거린다. 인디오 원주민들은 웰 페어(welfare)로 무료한 나날을 보내며 살아간다.

물고기 화석이 잠들어 있는 그랜드캐넌 협곡 인디오 마을 그들만의 세계에 외계인들의 발자국이 드리워졌다. 욕심 많은 '마리크사 기병대'의 총을 든 사냥이 그들의 씨를 말려 버린 요세미티 계곡의 핏물이 낙엽 되어 유유히 흘러간다.

그 섬뜩한 일들이 저곳에서 벌어졌다니 사람과 사람이 분류되어 경계선을 긋는다면 인디오 마을은 이곳과 어떠한 화합의 강을 터야 할 것인가. 「휴 프레이드」는 "나는 무엇인가를 늘 갈망하고 살았다"를 떠올리며 이 황야에서 서성이는데 "차편이 없다"는 여행자는 우리와 합류한다.

황야의 무법자 길에서

로스앤젤레스에서
그랜드캐넌 가는 길은
누렇게 뜬 잡초와 007 영화 장면 같은

황야를 새벽부터 달려간다

봄이면 파릇파릇 새싹이 움트는
여름에는 신록구름을 만들고
가을이면 비단결 펼쳐 놓은
고운 단풍의 춤사위

멀리 바다가 시원스레 하늘과 맞닿아
겨울에는 새하얀 옷을 입고
눈이 부셔 혼몽한 우리의 산야인데

진종일 달리는 황량한 차창 밖에
007 영화의 화면이 펼쳐져 있다.

라스베이거스로

하늘의 별들이 다 내려온 호수에 반짝이는 구슬을 손안에 한 줌 쥐어 본다. 허상인 듯 주르르 흘러내리는 빈 손만 남는 카지노의 카드가 되어 버린다.

온통 별들이 춤추고 있는 이곳에 세계의 도박꾼들이 부나비처럼 모여든다. 불야성을 이루는 카지노에서 도박을 즐기려는 사람들을 태운 관광버스들이 하나하나 도착한다.

밤이 다 가도록 게슴츠레한 눈으로 키를 당기고 또 당긴다. 일확천금을 노리는 어리석은 자들이여, 가진 것이나 잘 간수하려무나. 눈을 떠 보니 아침의 햇살에 어젯밤의 그 현란한 불빛은 간 곳 없고 황량한 빈 가슴뿐이다.

이토록 멀리 떨어진 네바다 주 동남부 사막에 카지노를 차려 놓고 각국의 노름꾼들을 모아 허상을 쫓게 한다.

라스베이거스의 카지노

온통
하늘의 별들을 다 쏟아 놓은 듯
현란한 밤하늘의 풍경은
나그네의 발길을 잡는다

강물 위 떠 있는 조각배에
별들이 가득히 쏟아진
물 속 다이아몬드의
허상을 쫓아 달려오는
나그네의 발걸음들

밤새껏 당긴 키
이 밤 지나면 모든 건 꿈이라오

샌프란시스코로

샌프란시스코에서는 머리에 꽃을 꽂으세요.

음악이 흐르는 금문교(Golden Bridge)를 벤은 달린다. 대문호 「어니스트 헤밍웨이」와 「도날드 레이건」을 낳게 한 거센 바람과 파도가 출렁이는 금문교가 우리를 맞아준다. 미 해병대가 출전할 때 이 공원에서 승리를 맹세하고 떠난다고 한다. 전쟁이 끝난 후 승리한 전투지명을 기록해 두는 이곳에 인천상륙작전이라 새겨진 동판이 오늘 대한민국을 있게 한 단초가 되었다는 생각에 가슴 뭉클해온다.

이곳에서 종근당제약 회장의 형 이종문 님은 샌프란시스코에서 기부금(Donation)으로 대한의 위상을 한층 더 높여 주고 있다. 금문교는 흔들리도록 설계되어져 샌프란시스코의 거센 바람에도 견디어낸다. 이 다리는 1월 1일에 시작해서 매일매일 난간을 페인트로 칠해주며 염분에 녹슬지 않도록 유지보수를 해 준다. 연말이면 모든

▲금문교

시민들이 다리 위를 걷는 축제가 열린다.

어느 날 아침 출근길, 등굣길에 날벼락을 맞은 무너진 성수대교는 뭐라 말해야 하나. 희생된 여고생이 이루지 못하고 간 10가지 봉사의 꿈을, 엄마는 딸의 소원대로 야학에 장학금 점자책을 하나 둘 딸을 대신한다는 뉴스를 들었다.

10가지를 다 채우고 딸 곁으로 가겠다는 모녀의 한이 성수대교 난간에 매달려 아직도 흐느끼고 있다. 금문교가 완공된 후 이 다리가 얼마나 갈 것 같으냐고 그의 친구가 물었다. "영원하다"라 대답한 「조셉 스트라우스」 같은 설계자가 우리에게도 나오길 간절히 빌어 본다.

내친 김에 멕시코로

LA에서 교포들도 중간, 중간 지점에서 차를 탄다. 어디에서 살든 한국 사람은 우리말이 통하는 교포가 운영하는 여행사를 즐겨 찾는다. 이곳에서 30년을 살아도 영업장을 비워 둘 수가 없어 부부가 같이 여행을 하지 못한다고 한다.

LA에서 멕시코를 여행하는 상품이 있어 길을 나섰다. 우리나라 동해안 기차를 타는 것 같다. 끝없는 바다를 끼고 달려 도로 위 그어진 국경선을 넘으니 멕시코다. 롱비치 해안을 따라 경치 좋은 해변은 미국인들의 화려한 별장들이 차지하고 있다. 이곳은 멕시코가 먼저 선점한 땅을 강자인 미국에게 빼앗겼다.

국경을 넘어 한참 달리니 온통 하늘이 흐린 화면으로 바뀌어 있다. 이곳은 증류시키지 않은 기름을 사용한다. 도로는 엉성하게 포장되어 있으며 사고가 자주 일어난단다. 사람 목숨이 때로는 파리 목숨 같다는 도로다.

국경은 도로 위 경계선일 뿐인데 나무 한 그루 없는 이곳은, 미국과 완연한 대조를 이루고 있다. 돌뿐인 척박한 땅이다. 밤이면 치안이 불안하여 식당에 들어갈 때도 우리는 무리를 지어 다닌다.

그런데 식당 안에서는 아이들을 데리고 식사하는 부유층 가족들도 있다. 아! 저것이 자본주의다.

멕시코의 밤 풍경

가로등이 띄엄띄엄 서 있는
어슴프레한 거리에 관광객을 맞는
식당이 즐비해 있다

들어가니 바깥과는 사뭇 다른
잘 정돈된 넓은 식당이다
부유층 사람들은 가족과 외식을 하며
주말을 즐기고 있다

저것이 자본주의다

6부

피지로

피지로

체험관광(Experience tour)을 떠나다.

이민을 주선하는 회사를 찾아다니다 마침 피지 체험관광 프로그램이 있다. 이웃사촌 선정이도 같이하여 외롭지 않은 여정이다. 남태평양을 가로지르며 330여 개의 화산섬으로 이루어진 우리나라 경상남북도 만한 크기다. 사탕수수 생산규모는 세계에서 4번째이며 섬 전체가 관광단지라 해도 과언이 아니다.

지구 반대편에 도착하여 수도 수바까지 바다는 녹색, 청색, 감청색 물감으로 선을 그어 놓은 것 같다. 해변은 할 말을 잃은 나를 꼼짝 못하게 한다. 푸르다 못해 눈이 멀 지경인 남태평양 바다에 숨이 멎는 듯하다.

세계인들이 마지막 지상 낙원이라 하는 에메랄드빛 바다다. 해변에 유럽의 연금수령자들이 와서 실루엣의 바다를 바라보며 책을 읽는 사람, 수영을 하는 사람, 신이 빚은 파라다이스다.

청록색의 투명한 바다와 백사장이 절묘한 조화를 이루는 이 찬연한 풍경을 보다가 사라호 태풍 생각이 나서 물어 본다. 수십 년간 일정한 선을 넘어서는 물이 들어온 적이 없다고 한다.

야자수 열매가 주렁주렁 달려 있어도 먹을 만큼만 따간다는 자연 생태 보고다. 원주민들은 술루라는 겉치마를 걸치고 다닌다. 흘러내리면 어쩌나 괜한 걱정도 해 본다.

폐차장에나 가 있을 법한 차들이 도로를 누비고 다니는 수바는 차에서 내뿜는 매연에 저녁 하늘은 회색이다. 그러나 아침의 창공은 과연 바람이 교차하는 남태평양답게 활짝 갠 맑은 하늘이다. 해먹에 누워서 끝없이 펼쳐진 맑은 하늘을 바라보며 망중한에 젖어 본다. 「제임스 쿡」 선장이 처음 상륙하였을 때 가슴 떨림은 어떠하였을까.

뉴질랜드나 호주로 조기 유학을 갔지만, 인종차별 때문에 견디기 힘든 학생들은 영연방이었던 이곳에 와서 공부를 한다. 남태평양 대학에서는 뉴질랜드나 호주대학으로 바로 편입할 수 있단다. 수업시간에 아이스크림과 음료수를 마음껏 먹어가며 자유분방한 수업분위기다. 이튿날 초등학교 수업시간에 선생님의 양해를 얻어 참관하였다. 동양의 낯선 할머니에게 선보인 포즈를 카메라 앵글 속에 담아 온다.

깨끗한 환경의 학교 청소는 청소부들이 한다. 재래시장에는 해감도 안 시킨 조개 등의 해산물들이 일주일에 한 번 들어온다. 생선을 사기 위한 자동차 행렬은 끝이 없다. 이삼일을 여기저기 다니다 더 이상 다닐 수 없어 가이드 집에 들렀더니 한국에서 조기유학 온 중학교 남학생이 있다. 어떤 학부모는 6개월 여행 비자기간 동안 아이들과 같이 지낸다고 한다.

천정에는 도마뱀이 기어 다니고 있으며 사람과 동물이 공생하는 삶이다. 마침 방 넓히는 일을 하고 있다. 가이드의 집주인은 공무원이란다. 출근표에 도장만 찍고 와서 저렇게 자기 집일을 한다. 교포들이 공무를 보려면 몇 번씩이나 헛걸음해야 되며 부조리가 만연하다. 오죽했으면 이 나라 공무원은 되는 일도 없고 안 되는 일도 없다고 할까.

물가가 싸면 내 여생을 하늘이 내린 아름다운 피지 섬에서 보낼 수 있을까 하고 체험 관광을 왔다. 그러나 아니다. 물가도 비싸고 너무 멀다. 내 아이들이 있는 내 나라에 돌아가야겠다며 짐을 꾸린다.

밤하늘에 카메라 앵글을 맞추고 있는 영국인 포토의 앵글 속 밤하

▲ 지상의 파라다이스 피지

늘 저기가 천국이 아닐는지. 그러나 나는 연어마냥 회향을 서두른
다.

"떠난 곳으로 돌아가는 것이 여행뿐이겠는가."

피지의 밤

이글대던 태양 안고
머리 위 앉은 별
한 움큼 쥐어
흩뿌린 별똥별은
파도와 뒹굴며
불라 불라
횃불 하늘 오른다.

이방인의 앵글 속
밤 하늘 별은
불라 불라 외친다.

*Bula-Wellcome to와 같음

▲ 피지의 전통가옥

7부

캐나다 공항에서의 호된 신고식

10시간을 날아 캐나다에 왔다. 무엇보다 우리 평창과 겨루던 동계올림픽 개최지로 선정된 휘슬러를 찾아간다.

타이타닉 유람선이 침몰한 바다의 '노바스쿠사'에는 만 60세까지 1년에 2만 명씩 이민을 받는다. 요건은 5년 동안 일정 금액의 부가가치세를 낸 사실이 있어야 한다.

1만 달러의 기부금을 내고 그들이 원하는 수준의 영어시험에 합격하면 타이타닉 유람선이 잠들어 있는 노바스쿠사로 이민을 갈 수 있다고 한다. 졸업증명서 공무원 근무경력 호적등본 등 모든 서류를 다 준비했다. 나에게 주어진 시간은 1년뿐이다. 영어시험에 합격하지 못하면 재시험 볼 시간의 여유가 없다기에, 접수조차 할 수 없었던 아픔이 있는 캐나다로 짐을 싼다.

가이드가 따라가지 않고 공항에서 출국수속까지만 해 주고 각자 가는 여행이다. 공항에 내리니 이민국의 절차가 굉장히 까다롭다.

▲ 눈덮인 휘슬러 전경

여자 둘이서 여행하는 우리가 불법이민 소지가 있는 사람으로 그들의 눈에 비쳤는가 보다. 깐깐하게 인터뷰를 한다. 롯데관광 패키지 여행으로 왔다 하여도 이민국 직원은 가이드가 없는 우리를 일행들이 있어도 믿지 않는다. 부부로, 딸집 방문, 아들 유학관계로 온 부자父子 등은 통과시켜 준다. 중년의 여자 둘 우리는 불법 체류할 사람으로 보였나 보다. 당황하니 패스포드에 찍혀 있는 여러 나라의 통과 스탬프를 보라는 것도 잊어버렸다.

　한참을 우리 둘만 세워 두더니 다시 조사를 받으러 보낸다. 이렇게 황당한 대접을 받고 보니 말문이 열리지 않는다. 자원 봉사자로 나와 있는 교포의 도움을 받고서야 겨우 나올 수 있었다. 노바스쿠사 추위만큼 호된 입국 신고식을 치르고 나왔던 기억을 떠올리며 그때 이민 오지 않은 것이 다행이지 하면서 공항을 빠져 나온다.

밴쿠버로

노바스쿠사에 이민신청해도 따뜻한 밴쿠버에 살아도 된다고
하였던 그때를 떠올리며 발을 내린다. 겨울인데도 아이비

▲ 캐나다 벤쿠버 시내

잎의 파란 줄기들이 촉촉이 물기를 머금고 있는 밴쿠버 여기저기를
둘러본다.

캐나다하면 무엇보다 사형제도가 없으며 담배와 술이 비싸다. 65
세 이상이면 집과 자가용이 없어도 살 수 있는 나라다.

밴쿠버 가스 타운(Gas a Clock)은 하늘에다 하얀 김을 뿜어 올리고
있다. 영국인 두 사람이 술통을 들고 들어와 마을에 술집을 차렸다.
모은 돈 전부를 그의 친구가 들고 줄행랑을 쳤지만, 150년 역사 속
겨울 한가운데 남은 자는 원망도 잊은 채 웃고 서 있다. 무엇보다 알
래스카 크루즈가 플레이스에서 출발한다는 말에 알래스카 빙하 크
루즈를 상상해 보며 휘슬러 스키장으로 향한다.

휘슬러(whistler) 스키장으로

동계올림픽을 평창과 무주가 서로 열겠다고 세간의 촉각마저 곤두세웠던 사이에, 이곳이 개최지로 선정되어 발표되었다. 휘슬러 스키장을 가는 길은 바다인 듯 호수처럼 아름다운 물결로 눈이 시리다. 병풍을 쳐둔 것처럼 산들이 하나하나 포개져 줄지어 서 있다. 맞은편 크고 작은 폭포 물소리는 청아하다 못해 하얀 옷을 입고 하늘을 나는 선녀 같다.

끝없이 펼쳐진 물결 위 은하계를 걷는 듯 새들의 군무가 장관을 이룬다. 동계올림픽이 열릴 휘슬러 스키장 가는 길은 우리가 생각하는 것과는 전혀 다른 2차선 밖에 없다. 오르막길만 경차가 먼저 지나가게 차선을 넓히는 작업을 하고 있다. 추월도 하지 못하는 먼 길을 하루 종일 달려간다.

휘슬러 스키장으로 가는 겨울 속 샤론 폭포의 거대한 물주기는 동화 속 밧줄 같다. 200만 개가 넘는다는 호수의 나라답게 하루 종일

▲ 캐나다 휘슬러 스키장 가는 길(Sea to Sky)

끝없는 호수를 따라 휘슬러로 가는 길은 말 그대로 씨 투 스카이(Sea to sky)다. 자연을 거스르지 않겠다는 이곳 사람들의 자연보호가 이 넓은 캐나다를 지키는 버팀목이 되었나 보다. 추월도 하지 못하는 먼 길을 하루를 달려 휘슬러에 왔다.

휘슬러(whistler) 광장에서
고글(goggle)을 살까 말까

점심을 먹고 나와 광장 한 바퀴를 돌아본다. 케이블카가 쉴 사이 없이 하늘을 오르락 내리락 사람들을 태워 나른다. 200여 개의 슬로프가 하늘을 가르는 스키장으로 가는 휘슬러 광장의 즐비한 상점에 고글들이 진열되어 있다.

고글은 스키 탈 때나 쓰는 것이라 생각하였는데, 바람도 막아주고, 등산할 때나 여행 중에 요긴하게 쓸 수 있다. 적당한 크기의 것으로 광장의 상점으로 찾아다닌다.

좀 더 젊어 보이는, 그리고 바람 한 점 들어올 수 없는 것으로 찾는다. 색이 옅은 것은 나이가 들어 보이고 짙은 것은 시야가 밝지 않다. 그래도 젊게 보이는 짙은 색으로 골랐다. 너무 비싸서 흥정을 해 보아도 여기는 철저한 정찰제다.

높이 2300m나 되는 스키장 정상에서 바라보는 눈 덮인 전나무와 저 멀리 산들이 빚어내는 풍경은 천국이 이럴까. 고글도 샀으니 바람 부는 바닷가나 산에도 마음 놓고 갈 수 있다. 여행 중에 국내에서 구할 수 없는, 꼭 필요한 것은 장만하여 스스로를 대접하며 위로를 한다. 어느 자식이 내 가려운 곳과 내가 소용하는 걸 다 알 수 있겠는가. "여자여 너를대접 하라"며 애써 최면을 걸어보며, 휘슬러 스키장을 내려온다.

10년이 흐른 지금 그토록 희망했던 피나는 세 번의 동계올림픽 유치 끝에 남아프리카 더반에서 「자크 로게」 동계올림픽 조직위원장이 외친 "평창" 이 한 마디는 온 국민을 전율케 하고 감동의 도가니로 몰아넣었다. 평창 스키장에서 전 세계의 스키어들이 활강할 그날을 기다리면서……

▲ 휘슬러 스키장

스탠리 공원

▲ 스탠리 공원의 토템플

이 땅을 빼앗은 백인들이 원주민들에게 화해의 손짓으로 스탠리 공원 입구에 토템플을 세워 놓았다. 꼭 우리나라 천하대장군, 천하여장군 장승 같다. 나인 클럭 건(Nine Clock Gun)의 뱃고동 소리에 어부들은 귀향을 했다고 한다.

스탠리 공원에 떠나온 곳으로 돌아가는 나그네 앞에 툭 밤톨 하나 떨어진다. 밤알 하나 주워 빅토리아 베이로 향한다.

빅토리아 베이(Victoria Bay) 크루즈를 타고

북아메리카 대륙 아름다운 정원과 야경을 가진 이곳 북미인들에게 노후를 보내고 싶은 1위로 꼽힌 빅토리아 베이다. 세계 4대 미항인 만灣을 크루즈로 타고 돌아본다. 베링해와 알레스카에서 내려온 얼음물로 수심은 300m나 된다.

호수마냥 잔잔한 빅토리아 베이의 산기슭 통나무집 앞에 띄워져 있는 작은 도크는 이 별장으로 오를 수 있는 배의 선착장이다. 한 폭의 그림 같은 바다에 범고래가 살고 있다고 하지만 고래의 춤을 보지 못하고 뷰차드 가든으로 향한다.

뷰차드 가든(The Butchart Gardens)

▲ 뷰차든 가든(일본 정원)

시멘트 채굴이 끝난 텅 빈 채석장에 뷰차드 부인이 지루한 일과를 꽃으로 가꾼 아름다운 정원이다. 식물 하나하나를 인격체로 생각한 이곳에는 꽃 이름이 쓰진 팻말이 하나도 없다.

이곳저곳을 둘러보는데 일본 정원(Japanese Gardens)이라는 팻말이 눈에 들어온다. 가만히 앉아서도 조경사 「이사부로 기시다」의 조경 솜씨로 일본을 홍보하고 있다. 손자 뷰차드는 관리비를 뺀 모든 수입을 대학장학금 등으로 주정부에 모두를 기부한다.

우리나라에도 뷰차드 공원에 와서 보고 30년을 풀잎에, 꽃잎에 기도하면서 하나하나를 가꾸어 놓은 바다에 떠 있는 거제 해상농원이 있다. 설립자 부부를 거제의 바람이 사로잡은 것처럼 세계 관광객들이 몰려올 그날을 기대해 본다.

8부

2006년 독일 월드컵 특별기를 타고/ 노이 슈반 스타인성(Scholars Neushwanstein)/ 카이저 빌헬름 (Kaiser Wilhelm) 교회 날아간 종탑에서/ 베를린(Berlin) 장벽을 향하여/ 체코(Czech)에서 잃어버린 Berlin Hotel/ 프라하 성(Prazskyhard)에서/ 폴란드로/ 비엘리츠카 소금광산 슬로베키아에서/ 헝가 리의 부다페스트 야경을 보면서/ 장가를 가려면 오스트리아 비엔나로 가라/ 일행들은 사운드 오브 뮤직 촬영지로/ 요람에서 무덤까지/ 하이델베르크 대학(Alive University) 광장에서

2006년 독일 월드컵 특별기를 타고

- 독일과 체코(Czech) 국경에서 대한민국을 외치다

서독과 통일된 동독 베를린 장벽을 보러 가는 것은 남다른 설렘이다. 체코로 가는 국경에서 여권을 체크하는 짬을 틈타 차에서 내려 2002년 한일 월드컵 때의 응원가 "대한민국 짝짝짝 짝짝"하며 손뼉을 친다. 지나가는 외국인들도 우리의 붉은 악마 응원을 알고 있다.

그들과 함께 외치며 우리나라의 위상이 얼마나 높아져 있는가를 실감한다. 서유럽을 여행할 때는 차범근 선수가 분데스리가 축구팀에서 뛰고 있어도 동양의 어느 나라라고만 알았다.

그때와는 달리 이제는 우리의 상황이 판이하게 달라져 있다. 히틀러가 잘 닦아 놓은 아우토반 고속도로를 달려와 괴테 가도의 종착지인 라이프치히의 호텔에 여장을 푼다.

노이 슈반 스타인성(Scholars Neushwanstein)

루트비히 2세는 바그너의 오페라 〈로엔 그린〉 중 백조의 전설에서 영감을 얻어 성 이름을 백조의 성이라 지었다. 「리하르트 바그너」의 예술성에 매료되어, 그를 도와 전폭적으로 음악에만 전념할 수 있도록 배려하였다.

노이 슈반 스타인성, 백조의 궁전은 국고를 탕진하면서까지 지었다. 이 성이 완공된 뒤 루트비히 2세는 미치광이로 몰려 1886년 6월 폐위를 당했다. 그리고 유폐된 지 3일 후에 주치의와 함께 슈탈은 베르크 호수로 산책을 나가게 되었다. 그곳에서 의문의 죽음을 당하였다. 호수에 떠오른 2구의 시체는 지금까지도 미스터리로 남아 있다.

18세에 왕위에 올라 스스로가 원했던 예술가의 길을 걷지 못한 채, 현실을 도피하는 몽상가적 삶을 살았던 루트비히 2세다. 백성들의 원성을 들으며 화려한 성들을 만들었다. 국고를 바닥내고 음악에 열정을 쏟았다. 음악과 결혼하여 미혼으로 생애를 마친 그의 걸작품

▲ 노이 슈반 스타인성

들을 보러 노이 슈반 스타인성을 오른다.

18세기 말에 완공된 이 성은 모든 층에 수세식 화장실 등 더운 물이 나오게 만들었다니 나의 귀를 의심하게 한다. 성까지 걸어가는 사람, 마차를 타고 가는 사람, 걸어서 고성에 올라오니, 슈탈은 베르크 호수와 오버아머가우(Oberammergau) 성이 한눈에 보인다. 호수에서 불어오는 시원한 바람이 목젖까지 적셔 준다.

일행보다 먼저 내려와 반대편 물가에 앉아서 가만히 호수에 발을 담가 본다. 마음 속 자리한 침울함도 물속에 침전시키며 나옹선사의 글귀를 읊조려 본다.

"청산은 나를 보고 말없이 살라 하고
창공은 나를 보고 티 없이 살라 하네
탐욕도 벗어 놓고 성냄도 벗어놓고
물같이 바람같이 살다 가라 하네."

백조의 성, 노이 슈반 스타인성

바그너를 음악을 사랑한
루트비히 2세
그대는 왕위보다 음악을 사랑한
예술가를 사랑하여 오늘 독일이 낳은
바그너를 있게 한
위대한 영웅이여
백조의 성에 그대 예술혼은
잠 못 들고 있구나.

카이저 빌헬름(Kaiser Wilhelm) 교회
날아간 종탑에서

카이저 빌헬름 교회의 날아간 종탑에서 베를린 장벽이 무너지듯 우리의 휴전선도 무너질 그날을 빌어본다. 카이저 빌헬름 교회는 2차 대전 폭격으로 건물 대부분이 파괴되었다.

그때를 기억하기 위해 복원하지 않고 옆에 현대식 교회를 지어놓았다. 부서진 교회를 그대로 두고 찾는 이들에게 전쟁의 상혼을 상기시켜 주고 있다.

교회의 종탑은 그 교회의 상징이며 하느님의 부르심을 뜻한다. 그러나 전쟁으로 카이저 빌헬름 교회는 종탑이 사라지고 없다. 이 처참한 참상 앞에서 "우리의 소원은 통일"을 불러본다. 베를린 장벽이 무너지듯 우리의 휴전선도 무너질 날을 빌어보면서.

베를린(Berlin) 장벽을 향하여

19 87년 6월 미국 대통령 도널드 레이건은 구소련, 고르바초프 서기장 앞에서 이 장벽을 허물어 버리라고 연설하였다. 그로부터 2년 뒤 꿈만 같았던 일이 현실로 다가왔다.

1989년 11월 9일 베를린 장벽이 무너졌다. 그곳을 보기 위해 달리는 아우토반 고속도로는 늘 붐빈다. 주말마다 자국민들의 통행에 지장을 주지 않기 위해, 화물차는 일체 국경을 통과하지 못하게 한다. 그 도로에는 간간이 집 한 채 가격인 페라리가 질주하고 있다.

여태껏 전원주택만 보며 왔는데 갑자기 아파트가 보인다. 똑같은 크기의 조건에서 골고루 잘 살게 한다는 공산주의 동독은 서독과의 완연한 대조다. 베를린 장벽의 표시는 도로 위 노란 선을 기점으로 동서로 나누어져 꼭 중앙선 표시 같다.

거기에다 세워진 장벽은 다 허물어지고 조금 남은 베를린 장벽을 수명이 다할 때까지만 구경할 수 있다고 한다. 그런데 2011년 "지난

▲ 베를린 장벽

아픔도 역사"라며 베를린 장벽을 다시 복원시킨다는 뉴스를 들으며, 역사는 역사로 두어야 되는가 보다.

베를린(Berlin) 장벽

뚫린 구멍 숭숭
맞겨눈 총부리로
허공에 구멍내더니
죽어서야 하나 되어
덩실덩실 함께 춤춘다.

부라린 눈에 괸 눈물
빌헬름 종탑 위에 흩뿌리며
통일 통일이라 외친다.

체코(Czech)에서 잃어버린 Berlin Hotel

14세기 카알 4세가 신성 로마제국 황제를 겸하는 등 유럽의 경제 문화의 중심지였다. 17세기 함스부르크에게 패한 후 300년 동안 압제를 받았으며, 1차 세계대전 후 브르즈와 공화국으로 독립하였다.

민주주의를 갈망하는 학생데모가 시민혁명으로 번지면서 공산정권이 몰락하고, 1993년에는 체코와 슬로바키아로 분리 독립되었다. 오늘날 각각 독립된 나라에 600년 전의 찬란했던 이 고성의 호텔에서 참으로 인생의 무상함을 느낀다. 100년도 살지 못하고 떠나는 우리의 인생이라며…….

이 모든 것들은 그대로 있으며 한 치 오차도 없이 우주는 돌아가고 있는데, 한 슬픔은 숨 한 번 쉬지 못하고 시간 속으로 끌려 들어가고 있다.

그러나 살아 숨 쉬고 있는, 한 귀퉁이의 울울함은 언제나 가슴을 먹먹하게 만들 뿐이다.

젊은이들은 이 옛 성에서 비가 오는데도 밤이 늦도록 술을 마셨단다. 젊음 하나로 형, 아우하며 금방 친구가 된 순수함이 부럽다. 어른들은 뭐 그리 계산이 복잡한지 통성명하기를 꺼린다.

가이드가 본인 소개를 하라면 몇 년 전 은퇴한 직장의 명함을 들고 나온다.

아침 일찍 잠에서 깨어나 룸메이트와 한참을 걸어서 길 건너 울창한 공원에 들어가서 산책을 하고 나온다. 우리가 들어간 길이 아닌 번화한 소방서도 있는 넓은 대로다.

오래된 건물이라 모두 비슷비슷하다. 세계 언어 중에 제일로 어렵다는 체코어가 아닌가.

시간은 흐르고 일행들이 떠나 버리면 우리는 국제 미아가 된다. 마음은 초조해 오고 입이 바싹바싹 말라온다. 가로등을 보면서 걷는데 ‘Berlin Hotel 250m’ 표시가 있다. 아침에 호텔을 나올 때 얼핏 본 그 글자다.

친구에게 알려주고 어제 가이드가 여기는 표지를 믿을 수 없다고 하였던 말이 생각나 되돌아가 전화번호를 적어온다. 벌써 명례는 길 건너편에 서 있다. 위급한 상황에서는 본능적인 자기 보호는 어쩔 수 없는가 보다.

이정표대로 따라가니 아침에 길 건넜던 그곳이 나왔다. 우리는 후문으로 들어가서 정문으로 나왔으니 혼비백산할 수밖에, 이 일이 있고부터는 호텔을 나올 때는 꼭 명함을 갖고 나온다.

혼비백산

거기 누구 없소
체코 공원은 낯가림한다
산책 나온 달팽이도
수줍은 더듬이 감추고
지나는 행인도 모른단다.
등줄기 오싹한
국제 미아가 되어
호텔 나올 때 얼핏 스친
낯선 글자가 지난다.
가로등 위 'Berlin Hotel 250m'
방랑자의 숨이 멈춘다.

프라하 성(Prazskyhard)에서

7개의 산들이 감싸고 있으며 그 안을 거대한 강이 굽이굽이 흐르고 있는 프라하다. 각기 다른 모양의 다리 10여 개가 이어져 있는 수많은 고대 건축물들이 자리하고 있다. 프라하 성 아래 유유히 흘러가는 강물에 내 마음 띄워 보낸다. 얼마를 살아가야 인생의 마지막 여정을 마칠 수 있을까.

일본 영화 〈나라야마 부시코〉에서처럼 다 내려놓고 저 강물처럼 흘러갈 수는 없을까. 말없이 흘러가는 강물만 바라보았던 그 밤을 떠 올리며 이 글을 쓴다. 부엌에서 방으로 와서 '내가 무엇 가지러 왔지, 아 참 이것 가지러 왔지' 하는데 동유럽을 갔다 온 지, 몇 년이 지난 지금 어제 일처럼 생생한 기억으로 다시 여행을 시작하는 기분이다. 참으로 여행이란 묘약을 지녔는가 보다. 그래서 자식에게 돈을 주기보다 여행을 시키라 하지 않았던가.

이곳은 시계로 유명하다. 앤티크 숍(antique shop)에서 15유로로 하는

▲ 체코의 프라하에 있는 바츨라프스케 광장의 천문시계

앤티크 탁상시계는 알람도 되고 장식용으로 예쁘게 만들어진 시계다. 딸들에게 주려고 2개를 샀다. 지상에서 단 하나뿐인 천문시계를 만들기 위하여 이 종을 설계한 사람은 카를대학의 한 수학 교수였다. 당시 유럽 여러 나라에서 이와 같은 시계를 많이 주문해 오자 프라하 시 당국은 이보다 아름다운 종을 더 이상 만들지 못하도록 그의 눈을 멀게 하였다.

천년이 지난 이곳 성당에 그 시계는 멈추기를 거부한 채 아직 달리고 있다.

내 옆의 일행은 무얼 살까 봐 남편이 감시꾼처럼 따라다닌다. 사고 싶은 기분을 억누르면서 나오는 그녀는 며칠 같이 다닌 나에게 속마음을 털어 놓는다. 아이들이 준 돈이 있어도 무엇을 살 수가 없다며 집에서도 하나하나 간섭한다며 귓속말로 한다.

이곳은 〈프라하의 연인〉 촬영지인 신데렐라 얘기로 잘 알려진 낯설지 않은 이름이다.

앳된 여학생 가이드는 꼭 유치원생이 겨우 외워서 더듬거리며 책을 읽는 것만 같다. 그래도 체코까지 온 용기가 보기와는 다른, 포부를 가지고 미술을 전공하러 왔단다. '프라하의 봄'의 아픈 상처가 있는 왕가의 성을 내려와 바츨라프 숫케 광장으로 왔다. 대성당의 천문시계 종이 매 정시를 알릴 때마다 튀어 나오는 열두 사도의 흥미로운 행진을 구경하기 위해 시계탑 앞에 사람들이 모여 있다. 까를교 다리 위 성 네포묵 청동상 사도를 만지면 소원을 들어준다기에 블타바 강물을 바라보면서 간절한 기도를 드린다.

폴란드로

19 89년 4월 당 정부 노조 지식인 대표 등 55명으로 이루진 '원탁회의'로 유명한 자유노조의 합법화, 대통령제 신설 등이 결정되었다. 1990년 11월 대통령 예비선거가 실시되어 바웬사가 첫 민선 대통령이 된 나라다.

전쟁 통에 폴란드 국경은 유동적이라, 어떤 할머니가 어느날 자기 집 주소가 폴란드에서 러시아로 바뀌었다는 말을 들었다. 그러자 "오 하느님 감사합니다. 폴란드의 그 추운 겨울을 이제 다시는 살아서 넘길 수 없을 거라고 생각했답니다"라는 일화를 가지고 있다.

세계 곳곳에 폴란드인들이 산재해 있다. 영국의 폴란드인들은 2차 대전 소용돌이에 떠밀려간 사람들이다. 들녘 차창 밖으로 비치는 들판은 검은 흙의 기름진 땅에 온갖 농작물로 장관을 이루며 펼쳐져 있다. 이곳은 땅도 쉬게 하는 안식년을 둔다.

저토록 살찐 들판에 침략자들의 발자국들이 드리워졌다. 이 나라를 사수하기 위해 시인 「바친 스키」는 바르샤바 봉기에 참여했다가 1944년 독일 저격수에 의해 살해되었다.

나라를 사랑한 문학도의 펜이 멈춘 이곳에 차창을 스치는 바람소리에 「바친 스키」의 시 한 수 읊어본다.

엘레지(폴란드 소년에게 바치는)
－바친 스키의 〈내 마음의 시〉

소년이여 그들은 네게서 꿈을 빼앗아갔다

한 마리 나비처럼 발기발기 찢은 채

소년이여 그들은 네게 피맺힌 슬픈 눈동자를 수놓았다

그들은 도시를 노란 불꽃으로 칠했다

그들은 끝없는 나무의 바다에 사람들을 목매달아 장식했다

거장 쇼팽도 러시아 군대가 진압해 버린 내 나라를 러시아가 다스리는 법을 따르지 않겠다고 하였다. 폐결핵으로 39세에 요절한 천재 음악가 쇼팽은 바르샤바에 끝내 돌아오지 못한다. 고향을 떠날 때 친구들이 준 흙 한 줌을 가슴에 덮고 이국땅 파리에 묻혔다.

그의 심장만 고향 바르샤바 성 교회 무덤에 안치되었다. 이 얼마나 나라 잃은 큰 설움인가. 쇼팽의 〈즉흥 환상곡〉이 하늘가에 울려 퍼질 것 같다. 번화한 거리에서 생체 실험당한 이곳의 약이 좋다고 기미 제거제, 프로폴리스 등을 산다. 어제 앤티크 시계를 사지 못하

였던 그녀도 이곳 여인들이 뜬 식탁보를 딸들에게 준다며 남편과 같이 고르고 있다. 여행은 철옹성같이 꽉 닫혀 있던 남편의 주머니도 열게 하는가 보다.

나치의 악랄한 장면을 영화에서나 보아왔던 일명 오슈비엥칭(Oswiecim) 수용소, 가스실의 600만 명이 희생된 참상을 철문에 "일하면 자유로워질 수 있다"라는 교묘한 문구로 사람들을 속였다.

가스실 앞에는 세척실이라 써놓고 두 사람 앞에 비누 한 개씩 나누어줘서 샤워하러 가는 줄로만 알았다. 그들 모두가 죽음의 문인 것을 아무도 몰랐다.

가스실에서 한 번에 400명씩 질식사시켰다. 단테의《신곡》지옥에서나 있을 법한 일이 벌어진 처참한 참상 앞에서 할 말을 잊고 서 있다.

대체 사람은 어디까지 악랄해질 수 있나. 수북이 쌓인 신발들, 불에 탄 안경테, 잘라 놓은 머리카락, 머리카락으로 짠 옷감, 애기들의 배내옷들이 널브러져 있다. 약효가 빠르다고 실험한 어린 소년들의 성기를 자른 사진이 벽에 걸려 있다. 미처 독일군이 파괴하지 못하고 떠난 이 참상들, 히틀러가 물러가고 공산치하가 되어 버린 슬픈 운명의 폴란드다.

왕의 거처로 사용한 바벨 성으로 가는 차 안에서 며칠이고 입을 꾹 다물고 오던 피노키오 운전수 아저씨는 현지 가이드가 차에 오르니 장난도 치며 신이 난다.

이곳 가이드는 폴란드어를 전공하였으며 유학을 왔다가 주저앉아

▲ 아우슈비츠 수용소

살아간다고 한다.

　오늘 나올 현지 가이드는 해박한 지식을 가진 사람이다. 여러분은 복이 많다고 하더니, 바싹 마른 체격에 철학 교수 강의 같은 해설이다. 혹시 운동권 학생이 아니었을까, 우리들의 공통된 의견이다.

　가이드도 젊은 피 끓는 생각으로 골고루 잘사는 나라를 찾다 여기까지 왔다고 한다. 이곳은 피노키오 운전수 아저씨의 고향이다. 먼발치 중학생 딸과 부인을 뒤로 하고 떠나면서 가이드를 내려주지 않고 장난을 친다.

　이쁜이 대학생을 중학생이냐 묻고는, 키가 자기 딸과 같다며 무척 귀여워해 준다. 겉으론 냉정하게 생겼어도 폴란드 사람들은 정이 많다고 한다. 간혹 '갑시다' 로 입에 가시를 드러내고 있다.

아우슈비츠 수용소에서

가스 지필 때
나비가 날았다
잘린 성기에서
싹이 돋아 나오고
약효가 좋다며
나비 된 그들을 먹고 있다

비엘리츠카 소금광산 슬로베키아에서

모바일 폰이 한참을 울려도 받지 않고 테이블 위에 그대로 놓아둔다. 사람들의 시선이 자기에게 집중되면 그때 겨우 전화를 받는다. 부富를 과시하기 위해서란다.

자본주의 물결이 밀려들어온 이곳은 화폐가 없던 시절에 소금으로 물물교환을 하였다. 비엘리츠카 광산의 소금층은 180만년에서 200만년 전에 형성되었다. 석탄처럼 채취한 소금은 화폐 대신 쓰였다.

안내원은 300m 지하갱도에서 '싸게 싸게' 라며 우리를 즐겁게 해준다. 누군가 남도 사투리를 떨어뜨리고 갔나 보다. 로미오를 꼭 빼닮은 안내원과 봉이 학생은 오랜 친구같이 사진도 찍어주며 장난을 친다.

현준이와 이곳 로미오 안내원과 사인을 주고받으며 외교관 역할을 톡톡히 해낸다. 소금광산 갱도의 교회는 소금으로 지어져 있다.

▲ 비엔나의 쉔브른 여름 궁전

갱 속의 벽면을 손으로 찍어 맛을 본다. '빛과 소금이 되라' 종탑 위
지하갱도의 교회 종소리가 은은히 울려 퍼지는 200만년 전으로 돌
아가 본다.

헝가리의 부다페스트 야경을 보면서

헝가리 하면 슬픈 역사의 침략과 핍박 수탈의 역사를 가지고 있다. 16세기 오스만 투루크에 의해 150년 동안 지배를 받아오다 17세기 말까지 오스트리아 합스부르크 왕조의 지배하에 있었다. 1918년 부다페스트 혁명을 계기로 오스트리아로부터 독립하였으나, 2차 대전 후 소련의 지배하에 사회주의가 진행되었다.

1990년 3월 실시된 총선에서 반공산 연립정부가 출범된 파란만장한 역사를 지닌 곳이다. 이곳 역대 국왕의 대관식이 거행된 마챠시 성당은 건국 1000년을 기념해 만들었다. 이 영웅광장은 헝가리는 배고픈 나라가 아닐까 한 우려를 말끔히 지우게 한다. 아름다운 부다페스트의 야경을 보면서 KAL기 폭파범 김현희는 "이 아름다운 세상을 과연 내가 무엇을 위해 폭파해야 하나" 고민했다는 밤하늘에 별이 총총히 떠가고 있다. 시리도록 아픈 달빛의 다뉴브 강물 위 파란 불빛은, 서늘하게 젖어오는 지나간 날들의 회환이 주마등처럼 스쳐

간다. 뱃전에 찰싹찰싹 밀려 왔다, 만져질 듯 가버리는 강물 위 별들
에게 KAL기 희생자들의 안부를 물어 본다. 유럽의 진주 다뉴브 강은
파리의 세느강에 버금가는 강이라 한다. 강물 위로 멀리 고성들과
국회의사당 대학들이 공산주의가 된 뒤 나빠진 경제사정으로 전력
이 부족하여 희미한 푸른 빛을 발하고 있다. 실패한 레닌이 사라진
후 문호를 개방한 유람선 위로 왈츠 곡의 선율이 은은히 울려 퍼지
고 무료로 제공되는 맥주와 와인의 맛은 더욱더 나그네를 상념에 젖
어들게 한다. 선상 위로 별들이 무수히 쏟아지는 부다페스트의 다리
아래 나를 숨긴다. 이 아름다운 별밤에 김현희의 고뇌를 생각해 보
며, 차에 오르는데 밤비는 후드득 통한痛恨을 쏟아내고 있다.

부다페스트의 야경

수정 같은 별들이
품으로 들어오는
다뉴브 강 물결 위
아픈 달빛이 파도를 넘는다.
요한 스트라우스의 왈츠 장단에
물고기 파닥이고
파도를 가르는 유람선에 서서
와인 잔에 시름 실어 보내며
아프지 않은 삶이 어디 있으랴

장가를 가려면 오스트리아 비엔나로 가라

합스부르크 왕가 오스트리아는 19세기 초 나폴레옹의 몰락 후 유럽의 패권을 장악해 왔다. 2차 대전 후 미·영·불·소 4개국에 의해 분할 점령되었다가 1955년 주권을 회복하였다. 빈 사람들은 오래 전부터 음악에 대해 인생등급 같은 것을 매겨놓고 있었다.

본에서 태어난 베토벤을 촌뜨기 취급을 하였기에 고향 사람들은 천재 베토벤의 장래를 위해 그를 빈으로 보냈다. 본을 무시하던 것도 베토벤 앞에서는 산산조각이 났다.

빈 사람들은 그의 뛰어난 음악성이 한 번만 건드려도 툭하고 터져 버리는 비눗방울 같은 것이길 바랐다. 그러나 아무리 건드려도 터지지 않았던 베토벤은 "야성은 길들이기 힘들지만 내 마음은 원래 선하다"라 외치며 빈에서 그의 천재성을 마음껏 발휘했다.

우리의 국모 프란체스카 여사의 고향이며 슈베르트, 하이든, 모차르트 등 음악의 대가들이 태어난 이 아름다운 나라의 규수가 우리의 초대 이승만 대통령의 마음을 사로잡았나 보다. 어릴 때 파란 눈의 국모를 화보로 보았으며 우리와 다른 이방인도 있다는 걸 처음 알았다. 이승만 박사는 일찌감치 다문화 가정의 선구자인 셈이다.

작가 전혜린은 오스트리아에서 공부할 때 도나우 강을 보고는 '나만이 발견한 푸른 보석'이라 하지 않았던가. 오스트리아 '빈' 하면 성악 피아노 음악의 모든 장르를 공부하려는 학생들은 거의 빈으로 온다고 한다.

여학생들이 많아 못생긴 남학생들도 금값이란다. 왕가의 여름 별장인 쉔브른 궁전을 관람하러 떠나려는데 논현동에서 온 발발이 아저씨가 또 보이지 않는다. 깻잎, 콩잎, 장아찌, 우유까지 싸들고 다니

▲ 음악의 도시 비엔나의 쉔브른 궁전

는 남자다. 한국에서부터 동행한 가이드를 식당에 남겨두고 우리는 현지 가이드와 떠난다. 때 마침 쉔브른 궁전 광장에서 삼성 모바일 폰 시사회로 광장이 부산하다.

유럽에서 가장 호화로운 쉔브른 궁전은 함스부르크 왕가의 여름 궁전으로 베르사이유 궁전에 필적할 만한 장대하고 화려한 궁전이다. 궁전 정원은 1569년에 시작하여 1700년에 완공되었다. 세계 관광객들이 붐비는 화려한 정원에서 우리의 삼성 모바일 폰 시사회가 열리고 있다.

삼성의 브랜드로 어깨가 으쓱해진다. 현지 가이드는 마산 경남대학교에서 경영학을 공부하러 왔다며, 틈틈이 일을 하여 학비에 보탠다고 한다. 동경대에 있는 아들을 생각하며 김과 고추장을 모두 내어주고는 짤츠브르크로 향한다.

일행들은 사운드 오브 뮤직 촬영지로

- 짤츠캄머굿(Salzkammegut)으로 떠나고

짤츠브르크는 암염의 생산지로 유명하며 모차르트의 출생지다.

알프스와 어우러진 눈부신 자연경관은 음악적 영감을 불러 일으키는 모차르트를 낳게 한 원동력이 아니었을까. 마을 슈퍼에서도 화장품을 팔며 관광객의 주머니를 열게 한다. 모차르트 어머니 생가의 길겐은 알프스 산자락에 있다. 흐르는 맑은 시냇물은 자신의 내면까지 환히 들여다볼 수 있을 것 같은 서늘함이다.

빈으로 유학 온 학생들은 대부분 집안이 부유해 아르바이트를 하지 않는단다. 한국어 가이드 구하기가 어렵다고 한다.

30살 미스 안은 경제학을 전공했으며 몇 개 국어를 해야 되는 유럽 가이드 시험에도 합격했다는 똑순이다. 얼굴도 예쁜 짤츠캄머굿의 안내를 위해서 동행한 가이드다.

빈에서는 시집가기가 어렵다며 조금 전 쉔브른 궁전을 안내한 남학생 가이드도 처음에는 순진하더니 이제는 튕긴다고 귀뜸해 준다.

서유럽에 갔을 때 융푸라우 알프스의 눈 덮인 산을 관광하였기에 70유로나 하는 옵션을 사양했다. 짤츠캄머굿으로 가는 호수가 면해 있는 이곳 길겐은 모차르트가 엄마와 누나가 그리울 때면 마차를 타고 찾아 왔다고 한다. 모차르트 어머니 생가를 둘러보기로 하고 마을 어귀까지 올라갔다.

흐드러지게 열린 체리를 봉이 학생과 열심히 따먹는다. 떨어진 것은 쏜살같이 흐르는 물에 떠내려간다. 우리의 인생도 저럴까 하며 알프스 산을 타고 내려온 맑은 물에 내 마음도 띄워 보낸다.

모차르트 탄생 250주년 기념행사로 마을은 분주하다. 시청 앞은 모차르트 광장으로 명명되었다. 스와로브스키 본고장에서 목걸이

▲ 모차르트의 고향 풍경

를 하나 사고 나오는데, 히틀러 별장에 갔던 일행들이 도착했다. 모차르트의 고향답게 저녁 식당에 마을 합창단이 전통 의상을 입고 와서 〈아리랑〉을 연주해 준다.

이번 여행에서 제일로 후회되는 것은 짤츠캄머굿의 사시사철 만년설로 뒤덮인 알프스 산자락 특히 〈사운드 오브 뮤직〉의 명장면인 마리아가 두 팔을 벌리고 노래를 부르던 그곳을 보지 못하고 온 것은 두고두고 남는 아쉬움이다.

그 아쉬움을 띄워 보내는 호숫가에 하나둘 산들의 그림자가 겹친다. 여행에서 돌아와 아파트에서 하는 스포츠 댄스반에 등록을 하고 반짝이 댄스복을 사서 입고 배워 보지만 도무지 되질 않아 접고 만다.

요람에서 무덤까지

– 알프스 산자락 마을을 가다

아침 일찍 저 눈 덮인 산으로 간다. 故 박경리 선생의 대작《토지》에 나오는 서희의 집 같은 오지마을이다. 바람의 결이 피부에 스치는 새벽에 어젯밤 올 때 보았던 눈 덮인 산에 눈을 만져도 보고 확인해 보고 싶어, 다 잠든 아침에 홀로 깨어 산을 향해 걸어간다. 들길을 지나 시냇물이 흐르는 산 속 길을 따라 소가 풀을 뜯는 산 위까지 가서 확인해 본다. 어제 보았던 바위에 하얀 눈은, 눈이 아닌 빛바랜 바위의 색깔로 궁금증이 풀렸다. 여기 산 속 집주변 이곳저곳을 둘러보고 다녀도 인기척이 없다.

영의정(1687년)을 지낸 약천藥泉 남구만南九萬의 시조 한 수 읊어본다.

> "동창이 밝았느냐 노고지리 우지진다
> 소치는 아희 놈은 상기 아니 일었느냐
> 재 너머 사리 긴 밭을 언제 갈려 하나니"

우리 어릴 때 시골 풍경 같은 알프스의 산촌이다. 그러나 이곳 알프스 사람들은 미동도 하지 않고 아침 늦잠을 자고 있다. 눈이 녹아 흐르는 차디찬 시냇물에 손을 담가 보며 알싸한 싱그러운 산의 혼을 느낀다. 산장을 내려오는 나는 알프스의 하이디가 되어 본다.

집집마다 샐비어 꽃으로 치장된 저 집의 안주인은 얼마나 마음이 고운 사람일까, 상상해 보며 창 앞을 다가가 걸어도 본다. 저 꽃은 향이 독해 날벌레들을 쫓는 좋은 방향제이기도 하다. 집집마다 꽃을 창에 걸어두고 자신의 내면뿐 아니라 남이 바라보는 창을 위해서도 꽃을 걸어둔다. 아름답게 꾸미며 살아가는 이곳이 모차르트를 있게 한 것일까.

하이디가 뛰노는 알프스 산장에서

쏴
얼음물이 달음질친다.
하얀 눈을 들쳐 업고
체리 입술을 훔치며

피가로의 결혼이
울려 퍼지는 알프스에
벽 뚫는 노파는
여름을 쥐고
세월을 잡고 있다

하이델베르크 대학(Alive University) 광장에서

이델베르크 대학은 1386년에 창립된 독일에서 가장 오래된 대학이다.

노벨상 수상자들을 29명이나 배출한 음악, 법학, 자연학과 분야에서 우수한 대학이다. 입증이라도 하듯 유럽 각지에서 모여들고 있다.

네카 강변에는 햇빛에 썬텐을 하는 사람들로 볼거리를 제공하며, 우리의 눈길을 현혹시키고 있다. 산 위의 빨간 지붕들의 고택들은 시에서 유지보수비를 주면서 깨끗하게 관리하여 관광객들을 유치한다.

하이델베르크 대학 광장은 관광객의 쉼터로 일반인들과 공유하고 있다. 1933년 5월 10일 나치 사상에 물든 학생들이 작가, 철학가, 과학자들의 저술을 대량 불태웠다. "책을 불태운 곳에서는 장차 인간도 불태워진다"라고 하이네는 말하고 있지 않는가.

2시간의 주어진 자유 시간 동안 쇼핑가 상점을 둘러보고 있는데, 두 딸과 영국에서 출발하여 자유 투어를 하고 있는 세 모녀를 만났다. 대학 졸업을 앞두고 딸 둘을 다 시집보냈기에 몹시 부럽다. 어차피 인생은 왔다가 가는 알 수 없는 미로다.

언제 어떻게 갈지 모른다는 생각으로 딸 둘만 결혼시키고 나면 내가 죽어도 아들은 어미 없다고 장가 못가지 않을 것이라 생각했다. 딸들만 결혼시키고 세상을 떠나도 좋겠다고 하였는데, 이렇게 하이델베르크 대학 광장에 서 있다.

성령교회에서 간절한 기도로 성령을 듬뿍 받고 공항으로 향한다. 또 공항에서 발발이 아저씨가 사라졌다. 비행기 티켓도 가이드가 가지고 있는데 한바탕 소동이 벌어졌다.

그 틈에 이쁜이 이모는 또 쇼핑을 한다. 관세 걱정을 하면서 우리들에게 하나씩 물건을 떠맡긴다.

9부

하얀 목화송이 펼쳐진 터키의 벌판으로/ 성소피아 대성당/ 그리스 파르테논 신전과 오륜경기장으로/ 저 황량한 사막 이집트로/ 고대 이집트 박물관에서/ 스핑크스/ 쓸쓸히 혼자 서 있는 오벨리스크/ 룩소르의 카르나크(Kamak) 신전 앞에서

하얀 목화송이 펼쳐진 터키의 벌판으로

터키는 아시아와 유럽이 만나는 곳으로 다양한 문화가 공존하는 역사 유산의 보고다. 터키와 지중해를 사돈 내외분과 30년 지기 친구분들과 같이 가게 되었다. 몇 번을 망설이고 있는데 같이 다녀오라는 둘째 사위의 권유에 짐을 싼다. 공항에서 나의 가방을 덜렁 들어주시는 안사돈은 언니처럼 나를 데리고 이곳 터키에 발을 내린다.

이스탄불(Istanbul) 오스만 제국의 찬란했던 역사의 현장 「술탄 압둘메지드」 1세가 몰락해 가는 나라를 구하기 위한 몸부림으로 프랑스 베르사이유 왕궁을 모방하여 건립한 궁을 보러 간다.

6.25때 참전하여 우리를 돕다 전사한 군인 묘지에 들렀다. 2002년 한일 월드컵 때 유행한 붉은 악마 응원단 티셔츠를 입고 있는 묘지기 할아버지가 간단한 한국말로 인사를 건넨다. 사진도 찍어 주고 우리들에게 포즈도 취해 주며 묘지를 지키고 있다.

▲ 터키 파샤바 계곡에서(초대 성도들의 피난 신앙)

묘지를 나와서 왕궁을 관람하려는데, 마침 행사가 있어 입장은 못하고 높은 담장만 바라보고 돌아선다. 상가는 한산하며 토요일부터 쉰다고 한다. 이러니 찬란했던 국력은 쇠퇴해질 수밖에 없지 않았나 하면서 성소피아 성당으로 향한다.

성소피아 대성당

▲ 성소피아 성당 내부 벽화

성소피아 성당은 콘스탄티누스 대제의 명에 의해 세워졌다. 이름만큼이나 오스만 제국의 슬프고 기구한 운명의 역사를 함께 하는 곳이다. 알렉산더 대왕이 성모 마리아와 사도 요한을 위하여 세운 성소다. 중앙에 서면 천정의 그림에는 이슬람교와 크리스트교가 공존하는, 기이한 역사적인 장소임을 실감케 한다.

카파도키아 암석 유적지에서 나뭇잎에 쓰인 성서들이 돌 밑에, 장독 속에 보관되어져 있는 것이 여러 곳에서 발견되었다. 암석의 굴속에서 생활한 크리스트 교인들의 신앙을 지키기 위한 고난을 체험해 보려 굴속으로 들어간다. 성서로만 읽어왔던 사실들을 눈으로 하나하나 확인해 보면서 다닌다. 파샤바 계곡 일명 버섯바위를 내려오니, 노아의 방주에 나오는 아라랏 산이 저 멀리 보일 듯하다.

문화유산의 보고를 뒤로 하면서 달리는 터키 들판의 하얀 목화송이는 뭉게구름을 펼쳐놓은 것 같다. 이동하면서 목화 수확을 한다.

광활한 들판을 하루 종일 달려 그리스로 향하고 있다.

　지루할 즈음 차에서 내려 소금바다(死海)를 구경하고, 가죽실크 공장에 들렀다. 모델들이 입고 나오는 우윳빛 재킷이 눈에 띈다. 창고에까지 가서 큰 사이즈를 찾아서 사 입고, 그리스로 가는 승선 위의 밤하늘 별은 총총히 빛나고 있다.

터키의 히오스 섬에서

교민 세 사람이 사는 항구다
부부와 딸 하나
그들은 중국식과 한식을 한다
간판이 중국집으로 되어 있어
우리는 중국 음식점인 줄 알았는데
맛있는 동태탕과 김치가 나왔다
젓갈 맛이 꼭 우리의 것과 같은 맛이다

그들을 남겨두고 그리스로 떠나오는
밤하늘 별들은 외로움에
파랗게 떨고 있다

세 사람의 교민을 남겨둔
발걸음은 여느 때와 달리 무겁다

그리스 파르테논 신전과 오륜경기장으로

BC 5세기경 페르시아 전쟁 승리 이후 아테네를 중심으로 고대 도시국가가 발전하여 찬란한 고대문명의 꽃을 피운 그리스다. 또한 캐네디 제클린에서 오나시스 재클린으로 바뀌어 버린 선박왕 나라다. 우리나라 십이간지, 자축인묘子丑寅卯 진사오미辰巳午未 신유술해申酉戌亥가 있듯 그리스 신화의 올림포스 12신들이 있다. 아버지인 우라노스를 거세하고 왕위를 찬탈한, 신들의 왕 제우스신의 나라에 왔다.

제우스신은 모든 문제를 판결하는 권한을 갖고 있다. 특히 여자 신들에게 인기가 많다. 전쟁과 지혜의 신이자 아테네 수호신인 아테나 여신이 모셔져 있는 파르테논 신전에 우리가 제일 먼저 도착했다. 아주 순발력 있고 자부심을 갖고 안내하는 가이드를 만나는 것은 여행 중의 큰 행운이다.

그래서 여태껏 방랑을 멈추지 못하고 있는지도 모른다. 가이드가

▲ 아테네 시내를 한눈에 볼 수 있는 고대 원형 경기장

해박한 지식으로 한참 설명을 하고 있는데, 일행 중에 한 분이 여기가 예수 선전하는 곳이냐며 버럭 화를 낸다. 끝내 가이드는 눈물을 흘리고 만다.

아테네 시내를 한눈에 볼 수 있으며 화려했던 과거를 짐작케 하는 원형극장이다. 이곳에서 시인 「바이런」은 "에게 해의 포도주 빛 바다를 바라보며 영원히 시를 짓겠노라"고 노래했다. 지중해 바다의 신 「포세이돈」을 만나 시혼詩魂을 불러내어 시 한 수 배우고도 싶다. 문학의 카타르시스로 가슴이 뭉클해 온다.

버스기사 아저씨에게 신의 목소리 「나나무스쿠리」의 〈over the rainbow〉와 「파파로티」의 〈o sole mio〉의 노래를 청해서 들으니 이들의 고향에서 듣는 선율은 더욱더 감미롭게 들린다.

마라톤 결승점 메인 스타디움에 조각상의 젊은 남자의 성기는 땅을 보게 하고 노인의 성기는 하늘을 보게 세워져 있다. 국민의 건강을 강조하는 근대 올림픽의 근원지의 위상을 엿볼 수 있는 고대 원형경기장이다. 손기정 선수가 월계수관을 썼던 메인 스타디움을 뒤로 하고 카이로로 향한다.

아테네 오륜경기장

손기정 선수가 일장기 달고
마라톤 결승점 메인 스타디움에
섰던 그 자리
또 다시 태극기가 휘날리기를
월계수 잎을 따서 하늘에 날려 본다

메인 스타디움에 서 있는 두 기둥에는
조각상의 젊은 남자의 성기는 땅을 보고
나이 든 남자의 성기는 하늘을 보고 서 있다
이토록 건강을 강조하며
근대 올림픽 위상을 자랑하며 서 있다

저 황량한 사막 이집트로

19 43년 11월 발표되었던 미국, 영국, 중국 연합군의 '카이로 선언문'에 한국의 독립이 명기되었던 우리에게는 잊을 수 없는 곳이다. 이집트인들은 별은 어디서 왔는가? 천둥은 누가 만들었는가? 죽음과 병마에 대하여, 이 많은 질문에 대해서 답해야 하는 사람들이 생겨났다. 그들을 사제라고 불렀다. 절대자 파라오 왕이 영생을 누리기 위해 만든, 국력을 낭비한 결과가 이 지경으로 만들었나 보다.

파라오 「넥타네보 2세」의 죽음(기원전 343년)으로 나일강 삼각주 고대 이집트 비쟌틴 제국의 찬란했던 영화가 사라진 황량한 사막 이집트에 왔다. 이집트를 가 보지 않고는 지옥과 천당을 논하지 말라 하지 않았던가. 카이로에 모래바람이 펄펄 날리는 스핑크스, 피라미드가 당키나 한 여행인가. 내 조상 묘소도 자주 못 찾아뵙는데 나는 황량한 무덤 동굴에 서 있다.

아기 모세가 바구니에 담겨 떠내려 왔다는 카이로다. 지금도 기독교인들은 무덤가에서 죽은 자와 산 자가 같이 살아간다.

아직도 박해가 자행된다. "어느 여행자는 떠나기 위해 길을 떠날 뿐이다"라 하였다. 황량한 사막에 서 있는 나는 누구인가.

고대 이집트 박물관에서

▲ '보트를 탄 왕의 상'. 작은 파피루스 배에 올라탄 왕이 발을 내디디며 창을 던지는 장면을 포착했다.

고대 이집트 신비의 파라오 왕 「투탕카멘」은 18세의 젊은 나이에 죽었다. 지금까지 왕의 죽음에 대한 의혹이 풀리지 않고 있으며 얼굴에는 물고기가 뜯어 먹은 흔적만 남긴 채 잠들어 있다. 죽은 자는 말이 없다는 것을 되뇌면서 죽음들이 누워 있는 미라를 뒤로 하고 나온다.

글을 쓰고 있는 지금 국립과천과학관 특별전시실에서 이집트 유물이 전시되고 있다.

스핑크스

사자의 몸과 사람의 머리를 가지고 있는 신화적인 동물인 「스핑크스」를 어릴 때 교과서에서 그림으로 본 적이 있다. 그런

▲ 스핑크스

데 이 거대한 스핑크스를 눈앞에 두고 보니 아라비안 나이트가 된 것 같다. 기원 전 1400년경 「두트 모세 4세」가 왕자시절 사막 사냥을 나갔다가 지쳐 스핑크스 머리맡에서 잠이 들었다.

그때 스핑크스가 현몽하여 숨 막히는 모래 속에서 나를 꺼내 주면 왕이 되게 해 주겠다고 약속하였다. 그는 즉시 모래에서 스핑크스의 모습이 드러나게 해 주었으며 후하게 제사를 지내 드렸다.

원래 왕 서열이 멀었던 그가 훗날 정말 왕이 되었을 때 스핑크스를 다시 신으로 모시고 그 옆에 신전을 세워 주었다.

오늘 스핑크스를 보려고 이 더운 모래벌판에 서 있는 나 자신은 무엇을 보고 느끼고 가는 것인가?

쓸쓸히 혼자 서 있는 오벨리스크

오벨리스크 하나는 이국 땅 파리 콩코드 광장에 서 있다. 파라오의 용감무쌍한 람세스 2세가 시리아를 원정하여 두 말이 끄는 전차 위에서 히타이타군을 무찌른다. 기원전 3000년 전에 나일강 삼각주에 북쪽과 남쪽에 분포되어 있는 상하 이집트를 통일한 것을 파라오가 기념하기 위해 만든 것이다.

29세의 촉망받던 청년 장교 나폴레옹과 보아르네 자작과 결혼한 두 아이의 어머니 조세핀은 총재 정부의 핵심인사였던 바라서와 내연의 관계를 맺고 있었다. 두 사람을 소개한 것도 바라서라고 한다. 첫눈에 반한 나폴레옹은 숱한 연애편지를 써 보내며 구애를 했다. '씻지 말고 기다리시오. 내가 곧 가겠소.' 사랑에 빠진 나폴레옹이 조세핀에게 한 말이다.

이집트를 침략한 전쟁의 승자 나폴레옹은 아내 조세핀의 말 한 마디에 오벨리스크 하나를 가져가 파리 콩코드 광장 한복판에 세워놓았다. 하나는 여기 혼자 쓸쓸히 서 있다. 우리나라도 1800년 프랑스가 강화도를 침범한 병인양요 때 외규장각 문서를 찬탈해 가지고 갔다. 김영삼 대통령 재임시절 미테랑 대통령이 방한하였을 때 반환하겠다고 약속하였다. 그러나 사서가 거절하여 돌려받지 못하고 프랑스에 아직도 억류되어 있다.

혼자 서 있는 오벨리스크와 우리의 빼앗긴 〈외규장각 문

▲ 오벨리스크

서〉는 '국력은 곧 문화다' 라 감히 외쳐 본다. 2011 년에야 겨우 빌려보는 조건으로 고국으로 돌아왔다. 우리의 국가 위상이 더 한층 높아졌음을 실감하게 한다.

룩소르의 카르나크(Karnak) 신전 앞에서

기원전 2000년부터 건립되기 시작하여 제19 왕조의 창시자, 람세스 1세로부터 3대에 걸쳐 건설되었다. 18대 왕조, 「두트모세 3세」 신전과 「람세스 3세」 신전 등으로 구성되어 있다. 폐허가 된 신전 앞에서 마더 테레사 수녀는 "인생이란 남루한 여인숙에서 하룻밤 머무는 것이다"라 하지 않았던가.

　나무 한 그루, 풀 한 포기 없는 황량한 사막에서 허물어진 피라미드를 보니 헛헛한 가슴으로 숨이 막혀 온다. 카르나크 신전은 역대 파라오들이 즉위할 때마다 증축하여 그 웅장함이 세계 최대라 한다. 피라미드는 4천년을 침묵하며 서 있다. 람세스 3세가 리비아 원정 실패로 이집트 국력은 쇠퇴의 길로 접어들었다. 왕실의 권위는 사라지고 신관들마저 그들의 신분과 신전만 보장을 받으면 조국이야 망하든 흥하든 방관하였다.

　알렉산드르 대왕이 신전을 참배한 후로는 그를 새로운 시대의 파

▲ 룩소르의 카르나크 신전

라오 신으로 모셨다. 클레오파트라 여왕의 자살로 찬란했던 이집트의 시대는 막을 내린다. 4천여 년 전 찬란했던 문화의 흔적을 찾아 황량한 사막에 나그네들만 들끓고 있다. 절대 권력자 파라오의 위선과 독선이 이들의 삶을 이 지경으로 만들어 놓았나 보다.

영원히 살겠다고 사후세계를 벽화로 장식한 왕들의 무덤을 뒤로하고 차에 오른다. 일행 중 한 분이 30년 동안 손에 익었던 캐논 카메라를 필름이 다 되어서 가방에 넣어 차에 두고 내렸다고 한다.

부부가 상공에서 찍은 와디 계곡도 담겨 있다며 필름이 아깝다 발을 동동거린다.

그때 현지 가이드가 갔다 오겠다 하여 괜한 헛수고만 할 것이라 모두가 가지 말라 말렸다. 가더니 관광안내소에 카메라가 맡겨져 있어 가지고 온다.

이 황폐하고 모래바람 날리는 지옥 같은 룩소르에서, 순수한 영혼이 맑은 사후세계를 믿고 살아가는 이집트 사람들을 본다. 피라미드를 뒤로 하고 아랍에미리트 검은 황금 두바이로 향한다.

10부

구다라(百濟)의 혼이 담긴 오사카/ 백제百濟 우편국郵便局에서/ 후시미 이나리대사大寺에서/ 이나리대사에서/ 동대사東大寺/ 히라노신사/ 오사카성(大阪城)에서/ 오사카 왕인박사 묘지/ 스다하치만신사/ 나라시 사이다이지(西大寺)

구다라(百濟)의 혼이 담긴 오사카

19 45년 8월 3일 히로시마에 원폭이 투하되었을 때 다리 밑 강물에 들어가 목만 내어놓아도 뜨거웠다던, 13년이나 일본에 살다 온 부모님의 이야기를 듣고 자라왔기에 낯설지 않다. 알게 모르게 몸속에 입력되어 있는 것을 확인하러 일본 역사기행을 나선다.

일본에서 '구다라'로 불리웠던 백제는 일본에 새로운 문물을 전하며 살아온 이곳이 지금의 오사카 땅이다. 백제의 현인이었던 '왕인박사'는 미개한 일본에 천자문과 논어를 가지고 가서 우리의 문화와 지식을 전수하였다.

일본 문화사상의 한가운데 불후의 위업으로 남아 있는, 백제의 혼적들을 찾아 여러 학자와 문인들과 함께 역사기행을 세 번이나 다녀왔음에도 의문은 가시지 않는다.

백제의 근초고왕 부자가 왜의 후왕에게 선물한 칠지도를 모신 이소노카미신궁은 개로왕의 둘째 아들 곤지왕자 신주를 모신 신사다.

그 사실을 숨기느라 일제가 아스카베신사
로 이름조차 바꿔 버린 우리의 얼을 바르
게 찾고자, 일본 유학시절부터 지금까지
40년간 연구하고 계신 홍윤기 교수님과의
탐방이다.

아키히토 천황도 자기의 몸에 한국인의
피가 흐르고 있다며 증언했다.

일왕 당숙 아사카 노미야가 충남에 있는
백제 무령왕릉을 방문해 일본에서 가져온
술, 과자, 향 등을 놓고 절을 하였다.

왕릉을 둘러본 뒤 오영희 공주시장을 만
나 향로와 향을 기증했다.(중앙일보 2004
년 8월 5일자 최준호 기자 보도) 일본 「아
사히 신문」(朝日新聞) 2001년 12월 23일자
보도 아키히토 천황이 "한국과의 혈연을
느끼고 있습니다"라고 보도 되었다.

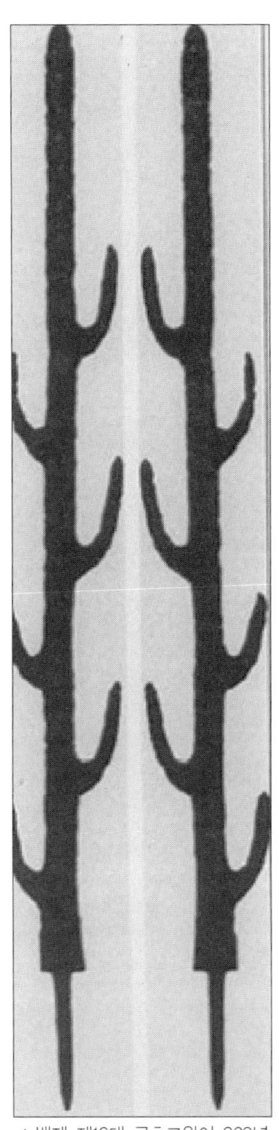

▲ 백제 제13대 근초고왕이 369년
왜나라에 살고 있던 백제인 후
왕(侯王)에게 하사한 칠지도

백제百濟 우편국郵便局에서

오사카 한복판에는 일본에서 1500년이라는 오랜 백제인의 뿌리가 뚜렷하게 남아 있는 곳들도 많다. 백제역百濟驛, 백제대교百濟大橋 한자어의 철판이 아직도 다리에 그대로 박혀 있다.

백제 우편국 안에 들어가 보니 '百濟' 간판을 내걸고 현재도 우체국 업무를 그대로 보고 있다. 한적한 시골 마을 사람들이 우체국에 와서는 우표를 사고 소포를 보내고 있다. 우체국 앞에 있는 공원에는 우리의 백제사 삼중탑 사적을 일본 왕실에서 세운 구다라스百濟洲의 '백제사적'이 공원에 세워져 있다.

옛날 백제사라는 사찰 터전에서 2005년부터 백제사 유적 발굴조사를 계속하고 있다. 꼭 우리나라 여느 사찰에 서 있는 것처럼 산사에서 이는 바람에 마음의 평안이 깃든다.

百濟 郵便局에서

넋은
'百濟 郵便局'
이름표 달고
일본 땅에 서 있다

숱한 사람들 총총히
편지를 보내는데
물끄러미 보고만 서 있는
외로운 사슴이여
어미를 애타게 기다리며
파도에 조각배 띄워 본다

오지 않는 답신은
오사카 빈 하늘에
바람 되어 떠다니고
바람결에 엄마 음성 실려 오려나
행여 꿈에라도 잡은 치마끈
놓지 않으련다

후시미 이나리대사大寺에서

한국에서 건너온 우리 일행을 맞으려고 후시미 이나리대사大寺에 일본 고대사의 태두 우에다 마사아키 교토대 명예교수님이 오셨다. 1월에 댁을 방문하였을 때보다 양복을 입으시니 87세인데도 훨씬 더 젊어 보인다. '부디 장수하셔서 일본이 진실을 말하지 않는 백제문화의 진실을 밝혀 주서요' 라고 빌어본다. 백제역사의 진실을 밝혀 온 양심적인 학자가 있는 한 일본인들의 한국 침략을 사죄하는 용기도 보여줬으면 한다.

교토시를 벗어나 한적한 시골 마을 교수님댁에서 일본 전통 기모노를 입으시고 하나하나 설명해 주셨다. 차를 내오는 사모님의 모습도 평생 학자를 모신 다소곳함이 금방 시집온 새색시 같았다. 서재에는 많은 책들이 책장에 진열되고도 넘쳐서 다다미 바닥부터 쌓여 있는 저 책들을 어떻게 다 보실까, 하고 무척 걱정되기도 하였다. 정원의 작은 사당에는 벼를 이삭 그대로 새끼줄에 매달아 놓은 그 옆

에 정초에 일본 황실에서 열리는 시가 대회에서 장원을 한 세계평화
를 염원하시는 우에다 박사님의 시가가 비석에 새겨져 있었다.

山川も草木も

人も共生くいのち

かがやく新しきよに －上田正昭－

산도 시냇물도 풀도 나무도

사람과 공생하며

목숨이 새 세상에 빛나리 －우에다 마사아키－

▲우에다 마사아키 교수의 정원에 세워진 '황실시가대회 장원시비'

이나리대사에서

– 한신인장무(韓神人長舞)를 관람하다

어디를 가나 신사 앞의 상점에는 고유의 인형들이 즐비하게 있다. 우리나라 십이지간지의 띠를 말하는 것 같은 일본의 올해 상징은 고양이란다. 고양이는 웃는 듯 지긋이 눈감은 듯 윙크하는 야릇한 모습이다. 꼭 웃음 뒤에 숨겨진 그들의 속마음을 알 수 없듯이 저리도 주인을 닮았을까. 특히나 동물을 좋아해서 고양이를 애완용으로 기르는 서양 사람들이 줄지어 사고 있다.

기발한 상술에 또 한 번 우리를 놀라게 한다. 같이 간 기정이는 고양이 한 쌍을 귀엽다며 사고 신사를 오른다.

'한신인장무' 라는 춤은 11월 궁중 제사 때 하는 제사춤 행사다. 우에다 마사아키* 교수님이 궁사에게 부탁하여 무녀들이 춤을 선보인다. 신라선新羅綿을 제사 모시는 벼이삭들이 수놓아져 있다. 백제에서 건너간 벼를 봄에 황궁 앞에다 심어 가을에 추수하여, 백제신인 한신을 불러 춤추는 한신인장무 춤이다. 운 좋게도 우리와 함께한 외국인들도 춤사위를 볼 수 있었다. 무녀들의 손에 부채가 들려 있는 우리의 고전 무용의 한 단면을 상상해 보는데, 마유미 궁사는 자신이 입고 있는 하얀 신관복 신라 유후를 가리키며 신라선新羅線 옷감이라고 말한다.

> *우에다 마사아키(上田正昭)—교토대 교수님은 일본 극우파들로부터 목숨의 위협을 받으면서까지 역사를 연구하고 계신 분이다.
> 이듬해 용산 전쟁박물관에서 열린 한일문화교류 때(2010년) 마지막 방문이 될 것이라면서 노구를 이끌고 오셔서 참석해 주셨다.

한신인장무韓神人長舞

아지메 오오오오게
한신 불러다
삐죽이 잎 파르르
방울 울리고

직박구리새
고향 그리워 하늘 오르는
푸드득 꼬리 쳐든
춤사위도 멈췄구나

이나리산 자락

조선의 벼는

일본 땅 낯설어

다소곳이 고개 숙여

낯가림하고 있다

오사카를 지키는 스미에 대신大神은 한반도 신라 땅에서 이즈모 땅으로 건너왔다.

태풍을 일본열도에서 잠재우고 한반도엔 오지 말게 해달라고 해신海神에게 빌고는 쇼핑을 마치고 내렸던 장소에 가서 버스를 찾으니 없어졌다.

가이드에게 '쇼핑구' 하고 오겠다고 분명히 말해 두고 갔는데, 현

▲ 한신인장무 추는 장면

지 가이드는 벌써 3번째 우리를 안내하고 있다. 한국어를 한 마디도 구사할 줄 모른다. 좀 멍청한 사람이 아니고선 이 일을 하면서, 한국어를 배우지 않는 것이 한편으로 묘한 기분이 든다.

파출소에 들어가 "와다시노 시리아이가 간고쿠카라 로밍시데 키마시타. 카레니 뎅와오 카케루 호우호우와 텡와 방고와 난데스카?" 하고 물어도 도대체 엉뚱한 번호만 알려준다.

패스포트를 보여 달라 하기에 보여주는데, 마침 홍윤기 교수 사모님이 우리를 찾아와서 만났다. 다음부터는 로밍해 간 번호로 국제전화 거는 방법을 꼭 적어 가야겠다.

동대사東大寺

고대 백제인을 주축으로 신라인과 고구려인들이 뜻을 모아 남긴 결실이다. 그 대표적인 세 분의 성인은 구다라인(百濟人) 행기 큰스님과 양변良弁 큰스님, 신라인 심상대덕 큰스님이다. 심상대덕 스님은 의상대사의 제자이며 불상을 만든 사람은 백제인 국공마려國公麻呂이다. 도소화상 문화에서 금식과 수련을 익혀 거리 광야에서 헐벗고 굶주린 자 위해 보시옥(布施屋)을 지었다. 가뭄에 도랑 파주고 다리 놓아주며, 세계 최대의 금동불상도 이때 만들었다.

특히 일본 나라지방에 우뚝 선 비로자나 대불 높이는 16미터가 넘는 거대한 불상이다. 일본 최초의 대승정으로 왕실에서 모신다. 쇼무천황은 행기 스님 앞에서 머리를 깎고 출가하면서 왕위를 장녀 고겐 여왕에게 양위했다. 웅장하고 장엄한 불상을 우리 조선인들이 세운 것이지만 지금은 자기네들이 만든 것이라 자랑하고 있다.

불상은 워낙 커서 해마다 8월 7일에 거행되는 연중행사 어신 닦기는 옛날 명절 때 놋그릇 닦는 것 같은 큰 행사다. 약 250명의 승려가 이른 아침부터 대불전 천장에 둥근 볏짚 의자를 새끼줄로 줄줄이 매달고 부처님 어신 닦기야말로 구경거리란다. 여느 때보다 관람객이 많이 붐빈다는데 왠지 씁쓸해진다.

도다이지 東大寺

백제 자손 행기 스님이시여
혜기법사 문화에서 유가유식론 배워
도소화상 문화에서 금식과 수련 익혀
거리에서 광야에서
헐벗고 굶주린 자 위해
보시옥布施屋 지었다네
백제와 신라의 숭고한 정신으로
가뭄에 도랑 파고 다리 놓아주는
당신의 큰 뜻 따르는 자 수 천 수 만
옥리도 감화되어 조정에 알리니
쇼무천왕도 감동하여
삼세일신법三世一身法 제정했네
세계 최대의 금동불상 세웠는데
당신을 중국인이라 바꿔 버렸다

너희 나라 교토대
우에다 마사아키 교수님마저도
대승정 사리병기 진실을 보라 나무라신
구다라강 다리에
백제대교百濟大橋 글자가
껄껄 웃고 서 있다

우리의 얼이 담긴 동대사를 아쉬운 채 남겨두고 도착한 식당 앞에 마주보는 교토역, 교토극장京都劇場 앞에서 맞은편의 교토타워를 도쿄타워라 착각하고는 나는 심장이 멎는 줄 알았다.

도쿄대학 일본 문부과학성 장학생으로 와있는 아들, 분신이 있기 때문이다. 아려오는 아픔에 정신이 혼미해 온다. 전화를 하려다 말고 괜스레 마음만 어지럽힐 것 같아 돌아서는 발길이 몹시 무겁다. '끼니 거르지 말고 부디 몸성히 지켜 달라' 는 기도를 나의 신께 드린다.

히라노신사

새끼로 꼬아 만든 금줄 양쪽에 등燈이 두 개 매달려 있다. 정문에 신사 내부를 지키는 고마 이누*가 떡 버티고 서서 악귀를 막아주고 있다. 아키히토 천왕이 백제의 후손임을 인정했듯이 이제 일본 황실의 히사히토 친왕 아기왕자가 태어났으니 이 얼마나 기쁜 일인가? 일본 여러 신사에서는 소학교에 들어가기 전, 악귀를 물리치고 잘 자라라는 기독교 유아세례처럼 행사를 치르는 곳이다.

히라노신사에서 백제의 피가 흐르는 히사히토 아기 왕자도 의식을 이곳에서 치렀단다. 묘한 축하의 마음이 든다. 지금도 일본 황실에서는 한신韓神을 불러 '아지메 오오오오게' 하며 삐죽이 나무에 방울을 달아 무녀들이 흔들며 제사를 지낸다.

이노우에 미쓰오(いのうえみつお) 교토 산업대 고대문화연구소장이 오셔서 이 사실을 증언해 주신다. 조선인이 철기문명을 전수傳授하지 않았다면, 일본은 100년이나 뒤처졌을 거란다. 교토 산업대학에서 자신 있게 가르치고 있단다.

▲ 히라노신사 내부를 지키는 '고구려개'(고마이누). 일본의 신사마다 중요한 사당은 악귀를 쫓는다는 고구려견의 고대 조각 작품들이 배치돼 있다.

오사카성(大阪城)에서

‘울 지 않는 새는 울려야 한다’ —도요토미 히데요시.

자신감으로 우리나라를 침범한 「도요토미 히데요시」(풍신수길)가 오사카성을 만들었다. 난바역에서 오사카성으로 가는 전철은 5개 노선이나 되는 복잡한 역이다. 「무카시 바나시」로 조금 공부했던 일본어로 노선을 물어 전철을 타고 오사카성에 갔다. 성에 도착하니 16년 전에 왔을 때 그대로다. 보존의 의미에서일까 일본으로서는 우리나라 이순신 장군만큼 업적이 대단한 저들의 영웅 도요토미 히데요시(풍신수길)를 모신 역사의 서늘한 기온이 성벽을 흘러내리고 있다.

노숙자들은 천막이 세워져 있는 이곳에서 몇 년째 살아가고 있다. 이 나라 정부에서는 널브러진 천막의 처진 모습 그대로를 관광객들에게 보여주고 있다. 풍요 속에서도 빈곤이 있다는 자본주의의 한 단면을 보는 것 같다. 이러한 진풍경을 정부가 간섭하지 않고 관광객에게 그대로 보여주고 있다는 오만이 내심 증오스럽기도 하다.

타워에서 내려다보는 전경이 장관이다. 이곳은 우리에겐 가까우면서도 먼 나라 일본임을 실감케 한다. 죽을 때까지 최고위 직위를 지낸 도요토미 히데요시를 만나, 왜 남의 나라를 탐했는지도 따져보고 싶다. 내려올 때는 엘리베이터를 타지 못하게 하는 철저한 관리며 에너지 절약 시책이다.

일행 중 일부는 쇼핑을 하러 먼저 갔다. 모두가 모여서 난바역을 더듬어가며 왔다. 출입구로 올라가 보아도 비쿠비쿠 카메라 상점이 아니다. 결국 관광안내소 도움을 받아 출구를 찾아냈다. 그런데 일행중 김태호 선생님이 오시지 않았다.

한자도 아시니까 하면서 기다리는데 시간이 되어도 오시지 않는다. 꼭 오사카성을 보겠다고 하셨는데 선생님은 뭐든지 잘하신다고 생각해서 이런 일이 벌어졌다.

호텔에 가 계신다기에 한편 안도하였다. 다행히 오사카성은 보고 오셨단다. 전문 가이드가 아닌 내가 장님이 장님을 안내한 꼴이 되고 말았다.

귀무덤

사각사각
시퍼런 칼날에
베이는 소리

하늘에서 눈이 보고
하늘귀가 듣는다
삐죽이 나뭇잎 사지를 떨며
한신을 불러 아뢴다

도요토미 히데요시의 만행을
까마귀 날개에
낱낱이 죄목을 적어
하늘에다 띄워 보내련다

*임진왜란 때 조선사람 30만명의 코와 귀를 베어 일본에 가져
 다 묻혀있는 잔혹한 무덤이 교토에 있다.
*그 당시에는 까마귀 날개에 사연을 적어 보냈다고 함.

오사카 왕인박사 묘지

왕인묘에 도착하니 이미 해는 서산에 기운다. 정화수井華水 한 사발 받쳐져 있는 석상 등燈이 우리나라 가족묘지 같다. 일찍이 일본 땅에서 조선의 왕족을 이루고 살았다니 가슴 뿌듯하다. 넓

▲ 왕인박사 묘역 '박사왕인지묘' 라는 묘비가 서 있다.

은 가족묘지엔 천주교가 들어와 십자가가 세워져 있는 묘도 있다.

왕인박사는 천자문과 논어를 들고 일본에 와서 백제의 문자문화를 오진왕의 제4 왕자에게 가르치며 그를 「닌토쿠」 왕으로 키웠다. 오진왕은 백제에서 건너온 곤지왕자였다. 왕족을 이루고 살았으나 영원한 이방인이 되어 오늘 쓸쓸히 누구 하나 돌보지 않은 채 서 있다.

빗돌 앞에 서울 상명고등학교 학생들이 바치고 간 무궁화 꽃만이 왕인이 백제인이라는 것을 알리며 우리를 맞아 준다. 간간이 다녀가는 한국의 여행객들이 그의 무덤을 찾는다.

왕인박사 묘 앞에서

어스름 해질녘
왕인묘 찾아오니
빗돌 앞 무궁화
수줍은 인사하네
백제의 문물 일본 땅에 가르쳤던
거룩한 한국인

돌보는 이 없는
당신의 비석 앞에
상명고 학생들의 정성어린

무궁화 꽃만 바쳐졌네

간간이 들려오는
한국인 여행객
발자국소리
그대 찾아오는구나

백년 가고 천년 가도
언제나 이방인
낯설음으로 서 있네

난파진가

난파진에는
피는구나 이 꽃이
겨울 잠자고
지금은 봄이라고
피는구나 이 꽃이

*난파진가—왕인박사가 처음 일본에서 지어 불렀다는 와카.

스다하치만신사

▲ 백제 무령왕이 만든 백제왕실 청동거울 '인물
화상경'

신사에 있는 인물화상경은 백제 무령왕이 일본의 아우인 게이타이(機體) 천황의 장수長壽를 바라며 보낸 청동 거울이다. 운 좋게도 거울을 홍 교수님과 최고 신관 데라타 궁사의 특별한 교분으로 직접 만져 볼 수 있었다.

일본 황실에서는 미명에 장작불을 지펴놓고 봄에 황실 안에서 벼를 심고 가을에 추수하여 제사를 지낸다. 황실에서 숭늉을 마시며, 벼는 천황의 상징이다. 신상제 제사에 쓰일 벼를 정중히 골라서 '아지메 오오오오게' 한신韓神 모셔 초혼가를 불러 제사를 지낸다. 지금도 아키히토 일본 천황이 모시고 있다.

백제 곤지왕자는 개로왕의 둘째 아들로 일본에 건너갔다. 곤지왕자가 일본에 처음 들어가 백제 불교가 포교되었다. 스다하치만신사도 이중 하나의 사당이다.

미시마 무명천을 어깨에 걸고 "한국의 신이여 이리 와 살펴봐 주

세요"라는 한신 축문을 부른다. 일본 황실의 제사는 아키히토 천황
의 누님이 제주가 되어 지금까지 행하여지고 있으며 오사카 사천왕
사四天王寺에는 성덕태자의 신주를 모시고 있다.

백제 혼 서린 우리 칠지도
— 이소노카미신궁에서

새끼로 꼬은 금줄과 고마이누가
이소노카미(石上)신궁 사당을 지키고 서 있다
백제 피가 흐르고 있는 일본 왕궁에서
마침내 천황의 대를 잇는 귀한 왕손
'히사히토 친왕' 귀여운 백제 왕자 태어났다

백제 화신립 황태후 히메신을 모시고
백제의 혈통이 세세토록 이어가는 일본 왕실
우리 겨레의 흔적을 그대로 담고 있다

칠지도에 새겨진 진실을
역사의 자국을 누가 부정하는가
백제의 피가 끈적거리고 있는데

일본의 국보가 된 칠지도七支刀에서

파내버렸다는 네 글자

저 아픈 상처 자국

'백제대왕' 이란

네 글자 지운 자 누구인가

*칠지도는 백제 근초고왕이 왜나라에 살고 있는 백제인 후왕
侯王에게 하사한 보도寶刀이다. 신보 칠지도의 글자들 중에서
일제가 파내 버린 네 글자는 '百濟大王' 이었다는 설이 있다.

▲ 한국인 후손 '스가와라노 미치자네' 신주 모신 기타노텐만궁

나라시 사이다이지(西大寺)

일본의 진언종 총본산이기도 하며 불화 십이천화상을 일반인에게 절대로 공개하지 않는다. 백제에서 건너간 여승들이 있었던 백제니사百濟尼寺가 화재로 소실된 동탑의 자리가 얼마나 웅장했던 자리인지를 석축으로 가늠해 보며 경내를 걸어 본다.

백제니사는 고대 백제로부터 일본으로 건너온 니승이라는 수많은 왕족 출신, 귀족 출신 여승들이 구다라스 나니와쓰에 있는 왜인들에게 불교를 널리 전파했던 곳이다. 1996년 12월 '사이쿠다니 유적발굴조사'를 통해 유명해졌다.

여왕이 와서 목욕하였던 욕대浴臺가 그대로 보존되어 있고, 법화사의 불상은 자비를 베풀고 특히 병을 물리치고 제물을 주신단다. 그런 자비의 오른팔이 길어져 있는 게 특이하게 눈에 띈다.

▲ 백제 여승들의 그릇의 '니사'(尼寺)라는 먹글씨(오사카 역사박물관).

나시쓰쿠리 베틀

베틀 위에 들줄 날줄
만나는 잉아
구다라에 보쌈 당해 온
베틀아
풀어 감은 실꾸리에
잉아가 들락날락

베틀베틀 사랑가
풀리기도 서러운데
시렁시룽 짜인 실
찬바람 막아줄 비단이어라
베틀가에 설움 달래
칠월 칠석 언약한
님 그리며
들줄 날줄 잉아가 울어옌다

11부

일본 속 하우스 텐 보스로/ 이브스키에서/ 나가사키에서/ 후지산

일본 속 하우스 텐 보스로

일본 최남단으로 신칸센을 타고 간다. 끝없이 달리는 겨울바다와 유자가 노랗게 매달린 과수원 길을 남으로 남으로, 저 멀리 산들이 꿈틀거리는 길을 따라 하우스 텐 보스를 향해 달린다. 자

▲ 일본 하우스 텐 보스

갈 돌 유리까지도 화란(네덜란드)에서 가져와 지어 놓은 하나의 유
럽을 옮겨다 놓은 것 같다. 이곳에서 안데르센 동화 속의 주인공이
되어 잠시 환상에 빠져 든다.

좁은 섬나라에서 유럽을 본떠 만든 하우스 텐 보스다. 원초적으로
사람은 침략의 야성을 갖고 태어나나 보다. 해가 지지 않는다며 세
계를 손아귀에 넣고 영역을 넓혀 갔던 영국이 서인도 세인트 루시아
섬을 지배해 오다 마지못해 독립이라는 명칭을 달아 내놓는 약육강
식은 동물에게만 있는 것일까. 동물은 배가 부르면 욕심을 부리지
않는다는데 사람의 욕심은 허욕의 덩어리인가 보다.

여기는 마치 네덜란드에 온 것 같은 착란에 빠진다. 입국하여 여
장을 풀고 그 안에서의 일정대로 오페라 가부키*를 관람하였으나 인
공으로 꾸며진 이곳은 잠깐의 눈요기일 뿐이다. 아무리 유럽처럼 꾸
며놓아도 문득 갇혀 있는 기분이 든다. 1시간 정도 버스를 타고 백화
점을 찾아간다. 저렴한 가격으로 마음에 드는 것을 쇼핑하는 것도
삶의 일부다.

따뜻하고 부드러운 느낌의 내의를 사고 돌아오는 버스에는 일본
의 젊은이들이 많이 탔다. 우리나라 에버랜드에 가듯 하우스 텐 보
스에서 유럽을 느끼게 하고 더 넓은 세계를 꿈꾸게 한다. 다음날도
눈이 펑펑 내려 어디로 갈 수가 없다.

에드거 앨런 포(Edgar Allan Poe, 1809~1849)의 「에나벨라리」 천사도
그들의 사랑을 질투하였던 영시를 읊으면서 눈이 오는 겨울은 낭만
을 느끼게 하는 유일한 나만의 시간이었다.

눈 내리는 밤 저 멀리 수평선은 더욱 나그네를 밀어낸다. 다음날
도 눈이 내려 말 그대로 일본 속 네덜란드다. 풍차가 그려진 찻잔을
사들고 돌아오다 호텔 현관이 미끄러워 넘어졌다. 당장 그 화란에
있는 병원으로 후송되어져 간단한 치료를 받았다.
　다음날 출국할 때도 선착장까지 연계하여 휠체어로 안전하게 승
선을 시켜주는 그들의 서비스 정신에 나는 무엇을 배워갈까.

*가부키 : 일본 연극

하우스 텐 보스

네덜란드 베아트리스 여왕이 되어
램브란트 화폭 속을 호젓이 걷고 싶다
라스트 사무라이 검의 절제 속에서
후쿠자와 유기치의
한 자루 붓과 세 치의 혀로
문명개화를 일군 이 작은 화란에
나그네의 발도 묶이고
저녁놀에 갈매기도 나래를 접는다

이브스키에서

겨울인데도 꽃잎에 눈이 내리면 금방 녹아 버린다. 노천탕 둘레
에도 꽃이 만발해 있으며 환하게 핀 꽃들이 벌거벗은 여인들

▲이브스키 최남단 표시

을 엿보고 있는 겨울 속 봄이다. 목욕탕에 모래를 깔아서 김이 모락 모락 나오는 바닥에 모래 뜸질을 할 수 있도록 만들어 놓았다. 여름 바닷가에서 하던 모래 뜸질처럼 파라솔을 쓰고 사진도 찍어주며 관광객을 불러 모은다.

유리 온실에서는 수많은 나비가 날고 있다. 자연을 거스르지 않기 위해 증기기관차가 정상까지 운행된다. 꽃이 만발한 한겨울의 '하나코엔'*에서 결혼식을 올린다. 저들에게, 부디 허리가 구부정할 때까지 서로 지팡이 되어 살아가라 빌어주는, 발 아래 파도는 자분자분 걸어와서 산허리를 안는다.

*하나코엔 : 꽃이 피어 있는 공원

나가사키에서

평온한 휴일 아침에 진주만을 가미카제(神風) 특공대로 폭격하였다. 그 대가로 원자폭탄을 터뜨리는 장소는 첫째 물이 있어야 한다. 미국이 고심하던 중 사철 꽃이 피는 이 아름다운 나가사키를 선택했다. 헤이와코엔*에서 내 나라 내 혈육이 잠들어 있는 영혼들의 명복을 빌어 드린다. 누구를 위한 가미카제 특공대이었던가. 약소국의 설움이 서성대는 공원을 나와서 늦은 점심을 찬합에 담긴 도시락으로 먹는다. 미소시로*를 더 달라 하니 추가로 돈을 내란다.

우리의 식당에서는 리필이 무한정 나오며 먹고도 남아서 버리는 낭비를 비꼬는 듯, 미소 띤 저들의 얼굴 뒤 숨겨진 절약정신에 호되게 맞은 기분이다. 문화 차이에서 오는 교훈에 앞서 이질감에서 오는 서먹함 때문에 씁쓸한 마음이다.

*헤이와코엔 : 평화공원
*미소시로 : 맑은 된장국

헤이와코엔에서

가미카제 특공대
진주만의 한 줌 재로 산화된
안동, 밀양, 거창, 남해
피지도 못한 넋들이
명패 안고 우리를 기다린다
나라 잃은 조선의 아들들아
누구를 위한 가미카제 특공대란 말인가

방사능에 노출될 때 목말라
얼마나 몸부림쳤던가
그 갈증 이 샘에 씻어버려라
아리랑 아리랑
어머니를 그리다 고향을 찾은
조선의 호라*(나비) 들이여
마음껏 하늘 높이 날아라

*호라 : 안동을 배경으로 촬영하여 상영된 한일 합작 영화.

후지산

등산하는 산이 아니라 멀리서 바라보는 산이다. 신神이 주신 아름다운 선물 후지산이라며 일본의 심볼로 새겨 마음껏 자랑하고 있다. 후지산(富士山, 3776m)을 오르는 길은 마치 뱀 한 마리가 꿈틀거리는 듯하다. 운전 경력의 노련함이 필요한 곳이다. 걸어서 등반하는 사람들도 있으며, 전망대에 오르기까지 대단한 인내심이 필요한 산행이다. 제대로 후지산의 정취를 만끽하려면 도보로 하는 등반이 추억의 깊은 맛을 더해 줄 것이다.

기사 아저씨는 '카레이스'라며 쉬는 날에는 경기에 참가하면서 취미생활을 확실히 즐길 줄 아는 멋쟁이 아저씨다. 아슬아슬한 곡예 길을 안전하고도 아주 편안하게 손님을 모신다. 또 다른 여행의 묘미를 우리에게 선물로 안겨준다.

산을 오르는 경치는 꼭 열대우림 속을 지나는 것같이 나무들이 구름을 이루며 장관이다. 우리나라 산을 벌거숭이로 만든 악랄함을 약자의 서러움이라 치부해 버리기엔 가슴이 헛헛하다. 지나간 역사는 없었던 일인 양 미국인과 한국인 모두가 관광을 즐기고 있다.

동양의 오아시스라 불리는 산을 아주 잘 가꾸어 놓고 각국의 사람들을 부른다. 산 중턱에 큰 바다만한 '후지고 코' 호수에 유람선을 띄워 관광을 시킨다. 자연을 사원으로 활용하는 저들의 지혜와 계획성이 왜 순수한 심성으로 와 닿지 않는지 텅 빈 가슴으로 서 있다.

후지산

아스라한 안개 속
좀처럼
속을 보이지 않는
마음을 알 수 없는
신비의 산
우리 이방인이 어찌
너의 속을 알랴

▲ 후지산 전경

12부

누가 인생을 티끌이라 했던가/ 만리장성에서/ 상해에서/ 방콕의 산호섬으로/ 싱가포르(Singapore) 바다 정류장/ 베트남(Vietnam)에서 사이공까지/ 전쟁 영웅 호치민 무덤으로/ 메콩강 삼각주/ 하노이 공항에서/ 또 다시 하롱 베이로

누가 인생을 티끌이라 했던가

– 크루즈Cruise 여행

세계여행 자유화가 1989년도에 발표되었다. 1991년 봄, 이번 크루즈 여행은 박정희 대통령 때 경제인들을 격려해 주기 위해 선상회의를 하였던 유람선으로 일반인에게 처음 시도하는 여행이다. 인천항에서 떠나 홍콩, 중국, 일본, 말레이시아, 필리핀, 싱가포르까지 돌아보는 12층의 독일 전함을 개조한 영국 선적의 크루즈 여행이다.

뱃머리에 서서 악수를 청해 오는 선장의 환영을 사진사가 찍어주는 장면부터 여행의 시작이다. 선실의 유리창에 바닷물이 찰랑이는 칠흑 같은 어둠에 이대로 물밑으로 사라질 수는 없을까? 오직 바람과 파도뿐인 그 밤에…….

오전에는 영화관, 독서실, 바둑교실, 꽃꽂이 강사 등이 함께한 여행이라 마치 육지에서의 일상생활 같다.

낮에는 배 맨 위층에서 얼음조각 쇼와 악대들의 밴드에 맞춰 춤을 춘다. 물결이 출렁이는 망망대해에서 이 큰 배도 하나의 나뭇잎보다 작다. 하나의 점도 아닌 것을 발견하고는 소스라치게 놀란다. 낮에는 저녁 파티를 위해서 간단한 춤 교습이 있다. 소질이 있는 사람은 배워서 무희들과 함께 춤을 춘다. 매일 밤 파티 옷으로 갈아입고 지정석에 앉아서 최상의 대접을 받으며 영국 무희들의 쇼를 관람한다. 언어의 소통을 위해 영어가 가능한 필리핀인들을 고용하였다. 항구마다 선적한 신선한 과일과 채소로 준비한 최고의 만찬이다.

배가 닿는 나라마다 조용필, 이은하가 때를 맞춰 날아와 이하원의 진행으로 디너쇼가 진행된다. 배는 밤으로 달려와 그 나라 항구에 닿으면 카메라 하나만 들고 나가서 관광을 한다. 이 나라 저 나라 이동할 때 보따리 싸지 않아서 좋다며 크루즈 관광을 한다. 10여년이 지난 후 〈타이타닉〉 영화를 보고는 "휴" 하고 가슴을 쓸어내렸다.

만리장성에서

▲ 만리장성

만리장성은 북쪽에 흉노족을 막으려고 쌓은 성이며 제후들이 자기 나라에 각각 쌓았던 것을 진시황제가 서로 연결시켜 완성되었다. 성의 길이가 장장 240㎞나 되며 백여 만 명이 9년에 걸쳐 완성했다는 이 성에 옛 원귀들이 잠들지 못하고 오늘 우리를 맞아준다. 어마어마한 팔달령 능선의 길이와 대장정을 둘러본다. 진시황은 역사의 한 장을 자신의 욕망과 이상으로 세워놓고 15년 만에 허망하게 죽었다. 강력한 대신들이 백성을 몹시 힘들게 한 정치 때문에 농민 반란이 일어났다. 한나라는 400년 넘게 번영했으며 흉노족을 멀리 고비사막 너머로 쫓아냈을 때 천고마비라는 말이 생겨났다. 하늘에서도 보인다는 초인간적인 힘으로 만든 걸작품을 뒤로 한다.

상해에서

상해 임시정부 청사 윤봉길 의사의 이토 히로부미 살해를 위한 도시락 폭탄사건이 있었던 홍구공원이다.

그는 어린 두 아들에게 "너희도 만약 피가 있고 살이 있다면 반드시 조선을 위하여 용감한 투사가 되어라" 유언을 남기며 처자식 곁을 떠난 그 비장한 모습을 떠올리며 명복을 빌어 드린다.

방콕의 산호섬으로

▲ 방콕

태국하면 국민의 90% 이상이 불교 신자인 나라다. 전국에 3만여개 소의 사찰과 승려만 18만 명에 이른다. 국왕은 반드시 불교신도여야 한다. 땅의 신神 택지의 신神으로 마당 한 귀퉁이나 거실 농가 아파트, 정부청사 어디에서든지 '산 그라품(San Phar Phum)' 사당을 볼 수 있다.

오후 6시면 거리에 국가가 울려 퍼지고 길 가던 사람들이 멈춰 서서 국가 연주가 끝날 때까지 듣는다. 국왕 찬가를 영화나 연극 공연 때 관객이 일어서서 예를 표하는 나라다. 아침 일찍 일명 황금사원을 보러 간다. 이 사원의 33개 종을 다 치면 전생을 볼 수 있다고 하는 말에 외국인들도 줄을 서서 기다린다.

이곳 사람들은 내생을 믿기 때문에 지금 착하게 살면 다음 생에 부자로 살 수 있다고 믿으며 남을 해코지하지 않는다.

푹푹 찌는 방콕에 해저관광, 잠자리 공원, 코끼리 쇼를 여행일정에 따라 다닌다. 밤에는 옵션으로 서커스 쇼를 보러 간다기에 호텔 수영장에서 수영을 하기로 하고 남았다. 낮에 데워진 적당한 온도로 수영장은 연인들의 데이트 장소며 별들의 향연이 펼쳐지는 커다란 물 항아리 같다.

별을 뿌려놓은 풀장에서

물 위에 별이 둥둥 떠다닌다.
한 움큼 손바닥에 올려놓고
눈 맞춤해 보리

내 눈 속에 새겨진
한 장의 사진 꺼내
밤의 향연에 입맞춤하여
물 위에 띄워 보낸다

연인들은 미끄러지듯
한 쌍의 인어가 되어 너울대는 밤

싱가포르(Singapore) 바다 정류장

심해 항구와 함께 인도양과 남중국해 사이에 있는 전략적인 입지 조건으로 동남아시아에서 가장 큰 항구다. 세계에서 가장 큰 상업중심지 가운데 하나다.

1869년 수에즈 운하가 개통되고 증기선이 나타남으로써 연료 공급기지로서 대양의 바람도 비껴가는 작은 거인 싱가포르다. 바다의 길목 통행세만 받아도 이 작은 섬나라 GNP에 크게 한몫을 한다. 중국인 77%, 말레이인 14%, 인도인, 다민족이 함께 살아가는 이광요 수상이 이끄는 싱가포르는 사촌까지도 우물에 빠뜨려 죽이면서까지 공무원의 부조리를 척결했단다.

이광요 수상은 영국 옥스퍼드 대학에서 전무후무한 학점을 받은, 위대한 영도자가 이끌었던 작지만 큰 나라다. 유치원생부터 영재를 키워서 한 사람이 백만 명을 먹여 살린다는 싱가포르다.

서민들이 먹는 노점 음식 값은 올리지 않는다. 위생을 철저히 감

▲주롱 조류공원

독하며 담당직원을 세 사람씩 조를 짜서 서로 감시하며 부조리가 없
도록 엄하게 다스린다.

아들이 수상인데도 아버지는 시계수리공으로 일하였던, 작은 섬
나라에 공사가 한창이다. 20ha가 넘는 주롱 조류공원이 1971년에 개

장되었다. 이번 공사도 공원을 넓히는 작업이란다. 어떤 것으로 선을 보일지 기대를 해 본다. 필리핀 아키노 수상이 이 나라에 오면 햇볕에서 일하는 사람은 제나라 국민들이라 제일로 부끄러워한 일화도 있다.

  가이드가 껌을 길바닥에 뱉지 말라 한다. 로마에 가면 로마법을 따르라고 벌금이 무서워 우리를 오금 저리게 한다. 쌍용건설이 세운 우뚝 솟은 초고층 빌딩의 대한의 위상만큼이나 훌륭한 이 나라 영도자를 닮은 리더가 우리에게도 또 다시 나타나길 소원해 본다. 2011년 세계에서 자랑하는 마리나 호텔 건물 위에 배 모형을 띄워 만든 특수공법은 로열티를 받고 신기술을 수출하는 새로운 공법으로 쌍용건설이 세웠다. 나는 싱가포르로 다시 짐을 쌀 것이다.

아파트 한 층을 비워둔

대양의 바람이 지나는 섬나라
바람도 비껴가게 설계된
건물에 숭숭 구멍 뚫린
작은 섬에 나비가 난다
희망이 난다

베트남(Vietnam)에서 사이공까지

베트남은 1946년 인도, 차이나 전쟁을 시작으로 1973년 베트남 전쟁이 종결될 때까지 무려 30년 가까이 참혹한 전쟁을 치렀다. 공항에 내리니 시골 간이역 같은 역에 낡은 선풍기가 더운 바람을 몰고 돌아간다. 전쟁이 끝난 뒤라 여기저기 도로에 검은 탄환이 묻은 흙은 숯 검댕이 같다.

월남 힐턴 호텔은 여기서는 택시기사 보고 대우호텔 가자 하면 다 알아 들으며 택시도 대우 차 밖에 없다. 《세상은 넓고 할 일은 많다》던 김우중 씨의 웅지가 펼쳐져 있다. 전쟁이 끝난 어수선한 이곳의 젊은이들은 찌는 듯한 더위에 오토바이를 타고 우르르 몰려다닌다. 전쟁 뒤 세계 각지에서 몰려와 자국의 이익과 본인 사업 이익을 위해 몰려와 웅성댄다.

전쟁 영웅 호치민 무덤으로

호치민은 21세 때 중국으로부터 들어온 정약용의 《목민심서》를 읽고 영향을 받아 베트남을 독립시켰다. 그의 "3꿈은 1. 같이 먹고 2. 같이 일하고 3. 같이 나눈다"를 펼치다 79세에 임종을 거두었다. 그의 무덤이 대우호텔에서 가까운 곳에 있어 가 보았다. 유리관 속에 안치되어 있는 시신을 무서워서 볼 수가 없다.

나와서 공원을 한 바퀴 돌아본다. 전쟁은 승자가 되기 위해 죽기 살기로 많은 사람들을 희생시켜 가며 치열하게 목숨을 내놓고 싸우는 건가 보다.

메콩강 삼각주

메콩강은 동남아시아에서 가장 긴 강으로 총길이가 약 4350㎞에 이른다. 전체 면적 81만 600㎢가 넘는 메콩강은 중국 칭하니 티벳트 고원 해발에서의 발원지다. 캄보디아, 미얀마, 라오스, 베트남, 태국 5개 나라와 면해 있다. 흙탕물의 메콩강물은 우리나라 홍수 때 돼지 풋사과 참외 수박 등 별의 별것이 다 떠내려 온 낙동강 물 같다.

　물을 거슬러 페리를 타고 삼각주에 도착했다. 도마뱀이 손에 잡힐 듯 달아나는 강기슭을 9살이라는 소녀와 오빠 11살, 어린 뱃사공이 노를 젓는다. 1 달러의 운임을 받으며 학교도 가지 못하는 아이에게 2달러를 손에 쥐어주고는, 열대 과일로 만든 우리의 호박엿 같은 것으로 메콩강 물고기에게 던져준다. 파도가 일렁이는 넓은 바다 같은 강물을 거슬러 오른다.

하노이 공항에서

우리나라 동대문시장에서 옷을 사서 월남으로 가지고 들어가는 사람들에게는 그 옷을 다 팔았을 때, 남는 이익과 맞먹을 만큼 세관을 통과시켜 주는 대가로 돈을 요구한다. 얼마나 달라 하느냐 물으니 200달러를 요구한다며 죽을 맛이라고 한다.

내가 보기에는 여름옷이라 다 팔아도 이익금이 얼마 되지 않을 것 같다. 엄청난 액수를 요구하는 후진국의 면모를 입국 때부터 보고 나니 씁쓰레한 기분이 든다.

출국할 때 김포공항에서 월남 아가씨들이 때 아닌 가죽잠바, 레자 잠바를 걸치고 본국으로 돌아가는 것을 보고 더운데, 왜 저러나 하면서 이상하게 생각하였다. 공항에서 이 장면을 목격하니 이해가 간다. 월남의 겨울 날씨는 우리나라 초가을 정도 기온인데도 이들에겐 우리가 느끼는 겨울 한가운데같이 느낀단다.

또 다시 하롱 베이로

롱 베이는 세계 7대 경관의 한 곳이다. 외적의 침략이 많았던 곳으로 용의 부모와 자식이 내려와서 적을 쳐부수고 내뿜었던, 보옥이 변해서 하롱 만灣의 기암이 되었다. ○○일보의 화려한 화면에 매료되어 하노이 공항의 지긋지긋했던 기억을 떠올리며 또 짐을 챙긴다.

처음 왔을 때 모습은 온데간데 없다. 그때 대우가 건설하던 도로며 공항, 골프장은 일본인들이 개발하여 아파트, 마트들이 여기저기 지어져 있다. 바닷가에도 여느 해변의 콘도처럼 변해져 있다. 계획하고 짓다가 도망자가 된 김우중 씨의 꿈은 송두리째 뭉개지고 멍석만 깔아놓았다. 이런 우리의 손실은 어디서 보상 받을 수 있나 씁쓸한 회한이 든다.

월남에도 우리나라 유관순 같은 열사가 있어서 석회석으로 되어 있는 땅을 호미 하나로 파서 메콩강 땅 밑에서 아이들에게 교육을 시켰다. 지상과 똑같은 생활을 하며 무기를 만들고 공장을 돌렸다. 아침 물안개가 피어오를 때 하루 세끼 치의 밥을 지었다. 그래서 땅 밑에서는 연기 한 점 올라오지 않았다.

세계 최고를 자랑하던 신무기도 레이더로 전송되는 미군들의 무전도 이 땅굴에서 모두 도청 당해 버렸다. 어처구니없게도 미국에게 패배를 안겨주었던, 땅굴에 들어가느라 안경을 잃어버렸다. 입국 신고서도 작성할 수 없었던 기억들이 월남의 비처럼 후드득 지나간다.

하롱 베이

섬 3천개가 어우러진
용이 내려와 꿈틀대는
하롱 베이
후두둑 비가 내린다
아마도
용의 하품인가 보다
잡힐 듯 눈앞에 펼쳐진
산들이
용을 타고 떠 있다

13부

북유럽으로

덴마크는 스칸디나비아와 중앙유럽을 지리적 문화적 상업적으로 연결시켜 주는 다리역할을 한다. 육지 쪽으로는 남쪽에 있는 독일과 접해 있는 불과 접경거리가 65㎞에 불과하다. 사회보장제도가 잘 되어 있어 여행자도 무료로 의료혜택을 받으며 여행할 수 있는 나라다. 코펜하겐의 키다리 안데르센 동상 앞에서 미운 오리 새끼가 되어 본다.

안데르센* 동상 앞에서

키꺽다리 안데르센
팔이 길어 걸을 때면
허수아비 같았다네
아이들의 놀림감이 되었지

절망하지 않고 꿋꿋이 버틴 끝에

미운 오리 새끼 동화가 탄생되었네

아이들이 왕따시켜도 난 겁날 것 없다

'나는 남보다 다른 나다' 라 외치며 서 있다

*안데르센(Hans Christian Andersen)은 위대한 민족시인 월렌슐레(1779~1850) 게르처럼 유명한 작가가 되고 싶었다. 그는 자신이 이미 위대한 문학의 거장이 되었다는 사실을 몰랐던 것이다.

무엇보다 새마을운동의 원동력이 되게 한, 유태영 박사는 이 나라에서 농사짓는 법을 배워 굶지 않는 나라로 만들겠다는 일념으로 국

▲ 덴마크 코펜하겐의 인어공주상

교도 수교되지 않았던 그때, 덴마크 왕실에 편지를 보냈다. 청년 유태영의 간절한 기도는 덴마크 왕실을 움직였다.

덴마크에서 배우고 돌아온 유태영 박사를 모셔다 청와대에 사무실을 차려 소신껏 일할 수 있도록 맡겼다. 1차, 2차 5개년 새마을운동을 성공적으로 이끌었던 유태영 박사를 키운 덴마크다.

청년 유태영을 조건 없이 공부시켜 준 것과 같이 받았던 나라에서 주는 나라로, 아프리카 잠비아에서 지리산 고등학교로 유학 와서 서울대 농경과에 수시 입학한 소년의 포부를 TV에서 보고 들었다.

인구 5백만 명의 작은 나라 세계 과학계에서 전자학, 광학, 천문학, 해부학, 의학, 물리학 등 여러 분야에서 세계적인 인물들을 배출한 것도 길고 긴 밤과 관련이 있지 않았을까.

의문을 던지며 인어공주 상을 뒤로 하고 핀란드로 향한다.

핀란드 헬싱키 대성당에서

헬싱키 대성당은 예수님의 12제자가 모셔져 있는 종교 개혁자 마틴 루터파의 총본산이기도 하다. 낡고 부조리한 관습들을 버리고 새로운 정의로 향한 도전이 꿈틀대었다. 그들의 믿음에 오늘 개신교가 탄생되었던 교회를 둘러본다.

▲ 핀린드 헬싱키 대성당

핀란드(Finland) 시벨리우스 공원에서

핀란드하면 순록과 수많은 호수와 삼림의 나라 백야 산타크로스의 나라, 시벨리우스 공원에 서 있다. 우리의 군가 같은 「시벨리우스」의 〈핀란디아(Finlandia)〉 곡은 지친 여행자의 발걸음에 힘을 불어넣어 준다. 스테인레스 파이프로 만든 시벨리우스 흉상 앞에서, 그의 곡 〈달빛〉이 나그네를 향수로 이끈다.

　시벨리우스의 〈달빛〉은 〈아리랑〉과 함께 첼리스트 정명화가 협연하였던 곡이다. 둥근달이 은은히 비춰주는 밤 시벨리우스 초상 오브제가 우리를 엿보고 있는, 공원 화장실에서 웃지 못할 희대의 또순이가 되었다. 화장실에 코인을 넣고 한 사람씩 들어가야 되는데 코인이 없기도 하지만, 절약이 몸에 밴 우리는 두 사람씩 볼 일을 보고 나온다.

*시벨리우스(J. Sibelius, 1865~1957) : 음악가

▲ 시벨리우스 공원에서

GNP가 세계 1위인 노르웨이로

입센(Henrik Ibsen, 1828~1906) 극작가는 〈인형의 집〉에서 가출한 노라는 과연 어디로 갔을까. 노라가 '쾅' 하고 문을 닫고 나서는 것으로 연극이 끝나는 입센을 낳은 노르웨이다. 빙하가 만들어낸

▲ 비겔란드의 조각공원

끝없는 피오르드와 수많은 호수, 높이가 수백 미터인 폭포와 협곡이 연출하는 경이로운 자연과 백야가 압권인 곳이다. 강인한 바이킹의 후예 탐험가 아문센과 난센의 나라로 향한다.

유람선 실쟈 라인(Silja line)에서 바라보는 해질녘 바다의 노을은 금가루를 뿌려 놓은 듯 물비늘처럼 퍼덕인다. 침실의 창으로 보이는 저 불덩이 같은 해를 물고 바다 속으로 떨어지는 사위의 밤이다.

밤을 저어 거장 목가의 신동 비겔란드의 조각이 우뚝 서 전시되고 있는 오슬로 시청 광장에 넋을 잃고 서 있다.

오슬로의 비겔란드(Vigeland) 공원에서

'조각을 전시할 장소와 재료와 인부를 책임져 달라고 한 뒤 조각에만 전념하였다.' 10여만 평의 조각공원에 원통 돌리기 조각에 121명이 엉켜져 있다. 이 조각상을 3명이 14년간이나 걸려

▲ 인생의 희로애락을 묘사한 비겔란드의 조각 모노리스

조각한 〈비겔란드의 조각 모노리스(Monolith)〉다.

인생의 희·로·애·락을 아기 때부터 늙어 무덤으로 가는 인생의 굴레를 본다. 이 담대한 한 예술가의 혼을 만나려 세계에서 사람들이 몰려오게 한 통치자와 예술가의 혼에 한없는 경의를 표하고 싶다. 신동 비겔란드는 우리가 미처 깨닫지 못하고 죽음을 향해 걸어가는 것을 말하고 있다.

베르겐 항구

▲바이킹 배 박물관 내부

수많은 배가 드나드는 제2 항구도시 베르겐을 향하여 달린다. 길옆 산기슭 나무들이 일어서서 걸어가고 있는 듯하다. 피오르드에 부슬부슬 비가 내린다. 이곳은 연중 270일 정도 비가 내린다. 어시장은 14세기에 한자 동맹에 가입하였으며, 1980년 유네스코 세계유산에 등록되었다.

수도였던 이곳을 부산 자갈치 시장보다 훨씬 크겠지 상상을 하고 간다. 어시장에는 연어, 새우, 가재 등이 좌판에 놓여 있는 한산한 어촌의 풍경이다. 시장을 둘러보고 울리겐산(643m)에 케이블카로 올라오니 시가와 항구가 한눈에 보인다. 끝없는 하르당게 피오르드

(Hardanger Fjord)를 돌아서 가더라도 자연을 거스르는 일은 하지 않는다. 50년간의 공론 끝에 'voss'라는 현수교 하나 밖에 세우지 않았다. 다리를 지나는 빗속에 은은히 들려오는 솔베이지 송을 들으면서 달린다. 저 멀리 숲속의 띄엄띄엄 보이는 집에 사는 아이들의 등하교가 궁금하여 가이드에게 물어 본다.

정부에서 병원이며 차가 와서 통학과 통원을 시켜 준다. 인구도 작은 나라이면서 이민자를 받아들이지 않는 나라다. 스웨덴 침략에 의해 400년이나 식민지였던 쓰라린 고통을 후손들에게 물려주지 않기 위해 부채가 한 푼도 없다. 오일 가스가 올라서 GNP 9만 7천불이며 북유럽에서 가장 살기 좋은 나라다.

이 나라 호콘다크 왕세자빈은 이혼녀에다 전남편도 마약 중독자이며 친정아버지도 마약 중독자다. 4살 난 아들까지 데리고 온 며느리를 호콘왕은 나도 국민 여러분과 같이 흥분된다. 그러나 내 아들이 좋아하고 결정했으니 나는 내 아들을 믿는다.

여러분들도 왕자를 믿어 달라고 하며 왕후 시어머니는 며느리가 데리고 온 아이를 며느리의 아들이니 우리의 손자다, 하며 감싸고 새해 왕실 기자회견장에 데리고 나왔단다.

가이드는 이웃 사람들에게 "너네들은 그렇게 떠들더니 왜 잠잠하니?" 하고 물었더니, 이제 국왕이 결정했다. 우리들은 따른다기에 흥분한 가이드만 민망하였다고 한다. 국왕을 믿고 따르는 이 신례가 세계 1위를 만드는 저력이 되었나 보다.

끝없는 피오르드를 달린다

스위스 시인 「비글바스」가 시어詩語로도 다 표현할 수 없었던, 성애 자욱한 푸르다 못해 서늘한 피오르드의 물결을 바라보며 끝없는 요정의 빙하 게이랑 에르 뷰를 어떻게 하면 한눈에 담을

▲ 피오르드 선착장 주변

수 있을까. 탐험가 「프리티오프 난센」이 노르웨이를 발견한 순간 얼마나 가슴 떨렸을까. 그 환희의 떨림이 온몸에 전율을 일으킨다.

　부산에서 서울보다 더 긴 아울란드(Aurland) 산맥을 끼고 빙하가 녹아내린 끝없는 송네 피오르드(Sogne Fjord)다. 소름끼치는 물결, 얼음 같이 차가운 피오르드의 수심은 1308m나 된다. 빙하가 녹아내려 수온이 올라 연어가 알을 낳을 수 없단다. 수면 밑으로 끌어 내리는 장치를 해 놓고 몇 십도 영하의 차가운 물밑에서 알을 낳게 한다. 우리나라 해양연구가들도 이곳 해양박물관에서 연구하고 있다.

피오르드

빙하의 눈물 피오르드에
연어가 신혼의 단꿈 꾼다
얼음 같은 차가운 거울 속
어느 때부턴가
서리가 내리고
성애 자욱한 피오르드 속을
연어는 더워서
알을 낳지 않겠다며
깊은 물속으로
몸을 내린다

플름 산악열차(Flam Norway in a nutshell)

보기만 하여도 아찔한 절벽을 산악열차는 해발 865m의 플름 계곡의 급경사진 오르막을 꺼이꺼이 올라간다. 주변에 보이는 것이라고는 폭포인 빙벽뿐이다.

산악열차를 타고 세찬 바람을 가르며 산 위에 올라왔다. 이 추운 곳에 노란 꽃들이 땅에 납작 엎드려 피어 절하며 우리를 맞이한다.

한라산 눈 사이로 땅에 붙어 피어난 이름 모를 노란 꽃들과 흡사하다. 앙증맞은 노란 꽃송이 하나 따서 입맞춤해 본다. 열차는 정상에 모두를 내려놓고 플름 계곡 급경사를 떨어질 듯 쏟아 붓고 또 꺼이꺼이 오른다.

플름 폭포

빙하가 눈물 흘린다
저렇듯 성난 폭도 되어
발밑 돌멩이 차 버린 얼음덩이

여기저기 돌멩이 나뒹굴고
언제 덮칠지 모르는
아슬아슬한 아울란스
빙하의 산길을
곡예사 되어 버스는 달린다

내일은 내일에 맡겨두고
거기 그대로 두라는
자연의 외침을 뒤로 하면서

황제가 묵었던 닥터 홈스 호텔에서

세상 떼 다 덮어버린 하얀 설원이 펼쳐져 있는 요정의 길 〈반지의 제왕〉 영화의 배경이 된 협곡 온달네스를 넘어서 하루 종일 눈 덮인 산길을 달린다. 아름다운 이 설원에다 무엇을 짓도록 허가해 준다며 속임수를 쓰는 노르웨이 봉이 선달도 있단다.

세계에서 관광객들이 몰려와 호텔을 잡을 수 없다. 그 덕에 업그레이드된 황제가 묵었던 닥터 홈스 호텔에 우리는 여장을 푼다. 백야인 이곳은 새벽 3시인데도 바깥이 훤하다.

입었던 옷을 깨끗이 빨아 타월에 꼭꼭 밟아 널어놓고 서성이며 커튼을 밀어낸다. 질려 버릴 듯 서늘한 덩어리가 목젖을 타고 내리는 백야에 노천명의 〈이름 없는 여인이 되어〉를 읊어본다.

"어느 조그만 산골로 들어가

나는 이름 없는 여인이 되고 싶소

초가지붕에 박넝쿨 올리고 삼밭엔 오이와 호박을 놓고
들장미로 울타리 엮어 마당엔 하늘을 욕심껏 들여다 놓고
밤이면 실컷 별을 안고 부엉이가 우는 밤도 내사 외롭지 않겠소

기차가 지나가 버리는 마을 늦 양푼의 수수엿을 녹여 먹으며
내 좋은 사람과 밤이 늦도록 여우 나는 산골 얘기를 하면
삽살개는 달을 짓고 나는 여왕보다 더 행복하겠소"

어느새 새벽 눈 떠오는 아침의 침묵하는 호텔 뒤 숲속, 별장이 띄엄띄엄 있는 전원을 걸었다. 저 멀리 보이는 마을로 가려고 기차선로 옆길을 걷는데 이른 새벽 사람이 걸어오고 있다.

유스호텔 마당으로 피신을 한다. 밤길을 걸을 때 사람을 만나는 것이 짐승을 만나는 것보다 더 무섭다던 그 옛날 엄마의 말씀이 떠오른다. 낯선 사내가 지나간 뒤 찾아간 교회의 공동묘지에 이름 모를 풀과 꽃들과 아침인사를 나눈다.

정성스레 꽃을 가꾸어 놓은 묘지에 나비들도 춤을 추어 바친다. 나이 많은 어르신들이 공동묘지를 돌보며 아마도 본인이 갈 곳을 미리 준비하는 것만 같다.

목장의 양떼 가족들 단잠도 깨워 본다. 어미 양은 귀를 쫑긋 세우고 경계를 늦추지 않는다. 장난치던 개구쟁이 새끼는 내게로 와서 풀을 받아먹고는 지네들끼리 또 장난을 치는 평온한 산촌의 아침이다.

트롤 스키장에서

눈을 뜨니 미명의 3시다
달빛도 저렇듯 시리도록 밝을 수 있나
만날 수도 닿을 수도 없는 그 곳에
흘러가는 바람아 내 말 전해다오
유령처럼 백야는 옷자락을 잡는다

바람은 상큼한 새벽을 산장에 풀어놓는데
서늘한 덩어리가 목젖을 타고 내린다
스키장에는 수정 같은 아침을 깨우는
산새 소리만 구슬프다

어디서 허밍버드가 울고 있는 아침
언덕을 따라 썰매 타듯 내려오면서
들꽃 한 송이 꺾어
나에게 바친다.

예쁘지도 않은 해박한 가이드의 위력

이번 그룹은 은퇴한 교장 선생님들 부부동반인 여행이다. 남편 감시 때문에 그동안 쇼핑을 제대로 할 수 없었던 그들이다. 떠날 때부터 나의 룸메이트는 가이드다. 가는 나라마다 가이드는 방을 따로 구해서 쓰고 혼자 쓰도록 배려해 주는 통 큰 아가씨다.

노르웨이를 안내하는 현지 가이드는 10년째 이 일을 한다. 추운 겨울 관광객이 오지 않는 동안에는 도서관에 가서 준비를 철저히 한단다. 본인 말을 빌리면 예쁘지도 않은 얼굴에 가무잡잡한 아줌마다. 그녀의 설명에 모두가 귀를 기울이게 하는 어떤 마력을 갖고 있는 실력 있는 가이드다.

덴마크에서는 스쿠알렌을 먹어 보고 한국에 돌아가서 돈을 부쳐라 하여도 한 병도 사지 않던 사람들이다. 실력 있는 가이드의 빛은 이때도 발휘된다. 3일간 가이드와 다니면서 우리는 그녀에게 매료되어 스웨덴 상점에 도착하니, 누가 먼저랄 것 없이 앞 다투어 스쿠알렌과 물건들을 산다.

순모실로 짠 솜사탕 같은 핑크 색깔의 상의가 40% 세일하여 구입했다. 여자들은 서로가 산 물건을 바꿔가며 구경하고 다니는 것도 여행의 쏠쏠한 재미다. 그게 어디 있었느냐며 모두가 잘 샀다고 한마디씩 한다.

이탈리아 속담에는 '기다림만으로 사는 사람은 굶어서 죽는다' 라 하지 않았던가.

길을 잃어버린 스웨덴(Sweden)

– 스톡홀름(Stockholm) 미명의 강가에서

노벨상이 수여되는 나라 삼림을 비롯한 천연자원이 풍부한 복지국가 수도 스톡홀름에 왔다. 여행지에서 매일 아침 산책을 한다. 그래야 지치지 않고 다닐 수 있다. 어디선가 개 짖는 소리가 마을을 흔들어 깨울 듯하다. 강변의 이른 아침의 고요함은 나를 돌아보는 유일한 시간이다.

초여름 같은 시원한 맑은 아침공기를 마시면서 강변을 한없이 걸어왔다. 시계를 보니 되돌아가야 할 시간이다. 하얀 건물을 기준으로 해서 눈으로 표시해 두었는데, 모두가 비슷비슷하여 방향을 알 수가 없다.

정신이 혼미해 올 때 저 멀리 자전거 타고 지나가는 학생을 불렀다. 호텔 명함을 보여주니 모르겠단다. 어머니가 한국인이라며 외할머니가 부산 송도에 산다고 한다. 한참을 걸어와 산책 나온 아줌마에게 물어 본다. 똑바로 가라고 해서 다리 2개를 지나와 찾아보아도 내가 찾는 호텔은 보이지 않는다. 강변 전원의 고요한 아침에 초조해지기 시작한다.

저녁에 주로 파티며 행사가 있는 이 나라 사람들은 '늦잠을 자는가 보다' 하고 그렇게 걷고 있을 때, 마침 산책 나온 사람에게 호텔 명함을 보여준다. 나는 상 선너 반대편에 시 있다고 한다. 호텔을 찾는데 그녀도 같이 찾아준다. 어떤 곳은 밖에서 문이 잠겨 있어 출입 카드가 없으면 들어갈 수도 없다.

한참을 찾아 헤맨 끝에 거기 내가 묵은 호텔이 보인다. 나와 같이 찾아다녀 준 이방 여인의 따뜻한 배려에도 제대로 된 인사도 못하고 들어섰다. 버스는 떠날 채비로 시동이 걸려 있다.

휴우 하고 가슴을 쓸어내리고 식당에 가 빵 몇 조각 싸서 버스에 오른다. 석가여래는 "하늘은 항상 제자리에 있는데 사람이 떠가는 구름에 매료되어 마음이 걷잡을 수 없이 서두르고 있다"고 인도철학자 「오쇼 라즈니쉬」가 쓴 〈금강경〉에서 말하고 있지 않는가.

러시아(Russia) 국경의
2시간의 입국 수속과 노상방뇨

19 91년 12월 소련이 해체되면서 독립국가가 되었다. 유럽 대륙에서 시베리아에 걸쳐 있는 이 나라를 16세기 필라페이 (Filofei) 돌중이 모스크바를 가리켜 '영원히 번영할 제 3의 로마' 라고 한 이래로 러시아인들은 지금도 그렇게 믿고 살아간다.

국경을 통과하기 전에 스웨덴에서 티셔츠 위에 가볍게 하라고 며느리에게 줄 사파이어 목걸이와 딸들의 귀걸이 2쌍을 샀다. 그런데 딸 둘의 귀걸이를 합쳐도 목걸이 하나 값이 안 된다. 나도 어쩔 수 없는 엄마와 닮아 있는 나를 발견한다.

러시아 국경에 다다르니 차량들로 도로는 주차장이 되어 버렸다. 입국수속이 몇 시간이 걸릴지 모른단다. 관광버스가 쭉 줄을 서 있는데 새치기 시키는 차량이 왜 그리 많은지, 그래도 누구 한 사람 항의 한 번 못한다.

우리를 데려온 스웨덴 버스기사는 국경을 넘지 못하고 돌아간다.

관광버스 기사도 자국민이 아니면 운전하고 들어갈 수 없다.

아침에 교포 식당에서 주문한 도시락을 버스에 싣기에 왜 저러나 했다. 우리는 입국 수속을 기다리는 동안 풀밭에서 점심을 먹고 나서야 그 이유를 알았다.

빤히 화장실이 보이는데도 국경 저 쪽에 있어 그 화장실엔 들어갈 수 없다. 멀리 총을 멘 국경수비대가 서 있어 몹시 불안하다. 그래도 자연이 부르는 소리는 어찌 할 수 없어 풀밭에서 모두 실례를 한다. 우리 차례가 되어 여권을 준비하라는데, 한韓 교장선생님은 부인 여권은 아내에게 주었다고 하며 본인 것만 있다고 한다.

우리는 노상방뇨한 오줌 지린내 나는 밭고랑과 잔디밭에 코를 막고 아무리 찾아도 없다. 우리를 태우고 갈 러시아 노련한 버스기사가 의자 밑을 샅샅이 찾다가 여권을 꺼내 보란다.

어이없게도 아내의 여권을 본인 여권과 포개서 넣어두고 부인에게 주었다고 우겼다. 잊어버렸다고 찾느라 한바탕 해프닝이 벌어졌다. 2시간여의 지루하던 시간이 그 소동으로 그나마 빨리 지나갔다.

해질 무렵에서야 국경을 통과해서 상트페테르 부르크로 향한다. 부산 영도다리가 들렸을 때 친구가 간혹 지각을 하였던 그때처럼, 네바강의 다리가 위로 올려지면 강 건너에 있는 호텔에 들어갈 수 없다. 기사 아저씨는 곡예 운전을 하며 달린다.

이런 상황인데도 국경을 통과하는 데 2시간 넘게 기다리게 하는 공산당 잔재가 아직 남아 있다. "세계인들은 무엇을 보기 위해 모여 드는지 두 번 다시 오는가 봐라" 하면서 밤을 달린다.

여름궁전의 분수정원

여름궁전은 상테스브크에서 30여㎞ 떨어진 핀란드 만이 면한 곳에 세워져 있다. 피터대제 2세가 여름을 주로 보냈던 곳이다. 여름궁전의 내부에는 들어가지도 못하고 우리를 분수정원에 데려다 놓고 설명도 없이 가이드 노처녀는 인솔자 가이드와 잡담만 늘어놓는다. 우리끼리 삼삼오오 짝지어 구경하고 다닌다. 대궁전은 언덕위에 세워져 있으며 계단식 폭포 64개의 분수가 물을 뿜어 올리고 있다. 삼손이 사자의 입을 벌리는 분수대는 20m 높이의 물이 뿜어져 나온다. 7개의 계단을 따라 그 주위에는 260여개의 고대 그리스와 로마신화에 나오는 신들이 황금색 조각상으로 세워져있다.

　러시아가 스웨덴 전쟁에서 승리한 것을 기념하기 위하여 만들었기 때문에 삼손과 사자는 각각 러시아와 스웨덴을 상징하고 있다. 바위를 끝없이 끌어 올려야 하는 시시포스를 찾다 끝내 찾지 못하고 정해진 2시간이 다 되어 집합장소인 언덕으로 여름궁전을 향해 걸음을 재촉한다.

겨울궁전에서 피터대제 2세를 만나다

상트페테르 부르크 북구의 네바강이 흐르는 습지의 이 도시는 베니스라 불린다. 어제 상트페테르 부르크 시내와 해군 군함 등을 안내한 노처녀가 나왔는데 건방지다고 교장선생님들의 항의에 돌아갔다. 성의 없이 안내를 하더니 깐깐한 교장선생님들의 눈에 난 것이다. 오늘 우리를 안내할 현지 가이드는 광주에서 스포츠 댄스를 공부하러 온 남학생 가이드다. 물가가 비싸서 엄마가 보내준 양념으로 김치를 담가 먹는다며 알뜰한 본인을 소개한다. 아침 일찍 서둘러서 왔는데도 많은 사람들이 줄을 서 있으며, 하루에 2만 명만 입장시킨다.

가이드가 엠브란트 전시관에 간다고 하기에 갔더니 '렘브란트관'이 아닌가. 현대미술관에서 렘브란트 전을 관람하기 위해 덕수궁 돌담길에 땀을 삐질삐질 흘리면서 차례를 기다렸다가, 안개 낀 목가 전원 풍광들의 그림들을 보았다. 이곳에는 다가올 수난을 예견이라

도 하듯 고뇌에 찬
아기 예수의 성화
다. 렘브란트의 또
다른 화필을 볼 수
있었다. 많은 그림
을 소장하고 있는
것을 보면서 제정
러시아의 찬란했
던 문물에 어리둥
절해진다. 레닌 시
대에 성당을 폭파

▲ 아기 예수의 다가올 수난을 예고하는 듯한 렘브란트의 성화

하여 3천명을 수용할 수 있는 수영장을 지었다. 어딘지 모르게 물이 새어나와서 결국 "하느님의 집은 하느님의 집으로"라며 지은 그리스도 부활 성당이 오늘 사회주의를 물러가게 한 신神의 섭리가 아니었을까.

'선진국이 되기 위해서는 박물관을 많이 지으라' 며 오늘 러시아를 있게 한 「피터대제 2세」는 아무것도 소유하지 않고 말년에 통나무집에서 조용히 살다 갔다. 습지 상트페테르 부르크는 세계 유네스코에 등록되어 건물은 3층 밖에 지을 수 없다. 영원할 것으로 믿었던 공산주의는 사라지고 하늘을 찌를 듯 크레인은 네바 강물 위로 새로운 역사를 쓰고 있다. 그가 남긴 겨울궁전으로 피터대제 2세의 혼령이 달려 나오는 듯하다.

모스크바 광장에서

제정 러시아가 레닌 사상으로 공산국가로 될 때 푸시킨은 언젠가 자유를 찾을 것이란 시詩 한 수 남기고 떠났다. 시인의 동상이 세워져 있는 거리에서, 유리로 만들어진 그리스도 부활 성당 조형물을 사고 나온다.

푸시킨의 〈삶〉

"생활이 그대를 속일지라도
그대 슬퍼하거나 노하지 말라
현재는 언제나 슬픈 것
마음은 항상 미래에 사는 것
모든 것은 순간에 지나고
지나고 나면 그리워지느니라"

시인의 말처럼 레닌 동상이 허망하게 내려졌다. 모스크바 광장에 자본주의 물결인 우리의 삼성, LG가 전광판에서 선전되고 있다. 넓게 뚫린 14차선 도로 위 벤츠, 렉서스, 아우디, 명차 전시장 같다. 밀려온 순례자들로 호텔 방을 구할 수 없어 업그레이드된 호텔에서 묵게 되었다. 우리를 안내하는 가이드는 모스크바 대학에서 연극을 전공하였으며, 이제 석사학위를 마치고 이번 9월(2008년) 한국으로 돌아간다고 한다. 올 A학점을 받아서 붉은색 졸업장을 받았는데, 외국인에게는 장학제도가 없다며 못내 아쉬워한다.

학생식당에는 한 끼에 일만원이나 하며 학비가 비싼데도 세계 여러 나라에서 앞 다투어 유학을 온다. 영하 40도로 내려가야만 난방을 넣어주며 5월에 꽃을 피워 8월에 수확을 하는 짧은 여름 동안 꽃샘바람도 있으며 맺을 열매 다 맺는 자연의 섭리에 놀랄 뿐이라고 한다. 손님을 맞으려 부스스한 채로 나갈 수 없어 머리를 감고 나가면 머리에 고드름이 주렁주렁 달린단다. 고된 8년 동안 아르바이트로 학비를 충당하면서 공부를 마쳤단다. 나이 지긋한 우리를 보고 부모를 만난 듯 힘들게 공부한 자신의 대견함을 수줍게 자랑한다.

가냘프고 수줍은 색시 같은 가이드는 아기 때 꼭 예쁜 여자 아이 같았던, 커서도 어려 보이는 조카 상완이와 자꾸 혼돈이 온다. 약한 몸으로 GOP에서 근무하였으며, 덩치 큰 애들이 퍽퍽 다 쓰러져도 끄떡없이 견디어 내었다는 조카를 많이 닮은 학생이다.

모스크바 대학은 극장을 가지고 있으며 교수도 직접 무대에 선다. 연극하는 데 왜 박사학위가 필요하냐며 실기 위주의 활쏘기, 승마

▲ 푸시킨 동상

등 하나의 완성된 연극인을 키워낸다. 나라에서는 예술인 아파트를 지어주며 자취하는 학생들은 밥해 먹을 시간조차 없이 공부를 해야만 한단다. 어느 대학이든지 건축이면 건축, 과학이면 과학, 이렇게 해서 러시아가 우주선을 쏘아 올리며 세계 최고의 단과대학들을 자랑하고 있다. 2010년 우리나라도 성공하진 못했어도 러시아의 기술 도움으로 나로호를 쏘아 올렸다.

　모스크바 시내를 지나는데 차창 밖으로 롯데백화점을 시공하고 있다. 개장과 동시에 재단장하고 있다고 한다. 레닌광장에 있는 궁정시대의 백화점을 둘러보니 왜 롯데백화점이 오픈하자마자 문을 닫을 수밖에 없었는지를 알 것 같다. 제정 러시아 때 황궁과 부속건물이 백화점으로 사용되고 있다. 일명 붉은 광장이다. 사람이 들어가면 자동으로 잠겨 버리며 보안이 철저히 잘 되어 있다. 여느 매장에서는 볼 수 없는 고급 명품으로 잘 갖추어져 있다.

볼쇼이 발레단의 단장은 자신들이 어려울 때 〈백조의 호수〉, 〈호두깎기 인형〉 등을 초청하여 공연을 하게 해 준 고마움을 잊지 않는단다. 언제나 우리나라 공연을 최우선으로 하고 달려오고 있다.

그동안 남편 눈치를 보느라 아무것도 사지 못한 교장선생님 부인들은 얌전한 가이드를 신뢰하고 안내해 준 상점에서 선물을 고른다. 십여 일을 같이 다니다 보니 어느 정도 친숙해지기도 했다. 노르웨이에서 하루 종일 피오르드를 지나 스웨덴으로 올 때 지루할 즈음만해 한용운의 〈알 수 없어요〉를 낭송하였다.

"바람도 없는 공중에 수직의 파문을 내이며
고요히 떨어지는 오동잎은 누구의 발자취입니까
지리한 장마 끝에 서풍이 몰려가는
무서운 검은 구름 터진 틈으로 언뜻언뜻 보이는
푸른 하늘은 누구의 얼굴입니까
…(중략)…
근원은 알지 못하는 곳에서 나서 돌부리를 울리고
가늘게 흐르는 작은 시내는
굽이굽이 누구의 노래입니까
…(중략)…

타고 남은 재는 다시 기름이 됩니다.
그칠 줄 모르고 타는 나의 가슴은
누구의 밤을 지키는 약한 등불입니까"

〈님의 침묵〉

"님은 갔습니다. 아아 사랑하는 나의 님은 갔습니다.
푸른 산빛을 깨치고 단풍나무 숲으로 난
작은 길을 걸어서 차마 떨치고 갔습니다.
황금의 꽃같이 굳고 빛나던 옛 맹세는
차디찬 티끌이 되어서 한숨의 미풍에 날아갔습니다.
날카로운 첫 키스의 추억은 나의 운명의
지침을 돌려놓고 뒷걸음쳐서 사라졌습니다.

나는 향기로운 님의 말소리에 귀먹고 눈멀었습니다.
사랑도 사람의 일이라 만날 때에 미리 떠날 것을 염려하고
경계하지 아니한 것은 아니지만
이별은 뜻밖의 일이 되고 놀란 가슴은
새로운 슬픔에 터집니다."
…(중략)…

두 편 낭송을 마쳤을 때 특히나 만해 생가를 복원하는 데 관여한

▲ 모스크바

문공부에 근무한 분이 무척 좋아하였다. 낭송을 하는 나도 여느 낭
송자리에 섰을 때보다 떨리고 가슴 벅차 왔다. 여행할 때 듣는 시 한
편은 더욱더 애국자로 만드는 좋은 기회였다며 모두들 좋아한다.

근사한 여름 샌들을 사고 며느리에게 선물할 다산의 인형을 산다.
그동안 쇼핑하고 다니는 걸 본 한 분이 행운이 따른다는 원석 호박
을 자기 부인이 사는데 좀 골라 주라며 부탁해 온다.

스웨덴에서 러시아로 올 때 부가세 환불 받을 때 버스를 세웠던
것도 덜 미안하였다. 이곳 상점에 들르니 어제 모스크바에서 샀던
체리 빛 스카프가 절반 값이다. 러시아 입국할 때 여권 해프닝이 있
었던 그 댁은 사지 못한 선물을 싼 값으로 사며, 어제의 마음 조렸던

시간을 보상받는 것 같다 .

모스크바 호텔에서

28층의 호텔에서 보이는
저 멀리 다차 대리석 기둥에
싱그러운 아침 햇살은 눈이 부셔 혼몽하다
잠자던 러시아를 기지개 켜게 하고
80년 지하에서 숨죽였던
가쁜 걸음을 재촉한다

"마음은 항상 미래에 사는 것"
푸시킨 시인의 외침에
러시아의 불꽃이
석유가스를 토하면서
화마처럼 달려온다

*다차 — 레닌시대 때 부족한 식량을 농사지어서 보충하라고
나눠 준 토지다. 지금은 대리석으로 잘 지어서 별장으로 사용
한다.

상트페테르 부르크에서의 해프닝

새벽의 서늘한 바람에 실려 오는 내 허방의 소리에 귀 기울여 본다. 아침 떠오르는 태양은 한 치의 오차도 없이 운행되는 불변의 진리에 나의 시계는 멈춰 버린, 살아 숨을 쉬어도 허깨비만 걸치고 다닌다.

그러나 이곳은 정신이 번쩍 든다. 무서워서 호텔 밖을 한 발짝도 나갈 수 없다. 15여 년 전 설을 이틀 앞두고 스카라극장에서 보았던 〈닥터 지바고〉 영화에서 "처자는 이미 내게는 없다. 오직 혁명과 당만 있을 뿐이다." 영화를 통하여 무시무시하게만 생각하였던 이곳에 스파가 있다는 건 상상도 못한 빅뉴스다.

아침 7시에 문을 열며 지하에 있다고 가이드가 일러준다. 10분 전부터 가서 기다려도 정확히 7시가 되어서야 직원이 나와 으슥한 곳으로 안내한다. 복도를 한참을 따라 들어가니 깊숙한 곳에 찜질방이 있다. 노르웨이 보첼리*로 깔끔하게 단장된 최상의 스파에서 몸을 녹였던 생각을 하면서 잠을 설쳤다. 이곳 스파는 작고 보잘것 없는 시설에 실망이다.

아무도 없는 스파에 들어가 돌에 물을 끼얹고 몸을 녹이면서 길게 누워 있는데 누군가가 똑똑 노크를 한다. 깜짝 놀라 수건으로 몸을 가리고 나가 보니 삼각 팬츠만 입고 길게 머리를 묶은 남자가 서 있다. 한국에서는 남녀가 제각기 따로따로 사용한다고 설명을 해 주니 순순히 나간다.

그런 후 마음 놓고 누워 있는데 세 사람이나 더 데리고 와서 노크를 한다. 이곳은 남녀공동으로 사용한다기에 나가서 기다리라고 한 후, 수건으로 몸을 가리고 조심조심 샤워장으로 들어가서 황급히 옷을 갈아입고 나왔다.

아침을 먹고 돌아오는데 엘리베이터 앞에서 커다란 타월로 둘둘 몸을 말고 서 있는 세 남자가 나를 발견하고는 손으로 가리키며 서로 한바탕 웃었다. 어디에서 왔느냐기에 코리아에서 왔다고 일러주었다.

1991년 홍콩에서 케이블카를 타고 갈 적에 88올림픽이 열린 코리아에서 왔다고 해도 프랑스 여행객이 무엇 타고 왔느냐고 반문하였다. 그 일이 불과 20년 전인데 우리의 위상이 이렇게 세계를 놀라게 하고 있다.

*보첼리 : 우리나라 적송 같은 나무다

상트페테르 부르크에서의 하룻밤

덤으로 얻은 하룻밤은 모스크바 지사와 한국의 여행사 실수로 비행기 표를 구할 수 없어, 상트페테르 부르크에서 운 좋게도 하룻밤 더 머물게 되었다. 이번 여행은 나의 임무를 다한 아들이 대학교수로 있는 참한 색시를 데리고 와 올 2월에 결혼을 시켰다. 이제는 홀가분하게 떠나올 수 있었던 여정이다. 덤으로 주어진 이 밤은 나를 되돌아보게 하는 좋은 시간이다.

숨통 막히는 국경을 통과할 때 두 번 다시 오는가 봐라 하였던 여름궁전의 내부를 보지 못한 아쉬움을 뒤로 한다. 먼 훗날 아니 어쩌면 내일일지도 모르는 그날, 티베트 속담에 "내일보다 죽음이 먼저 올지는 아무도 모른다" 하였듯이 하늘에 주소를 둘 때 다시 오리라.

살아온 길을 뒤돌아보며 많은 후회를 남기면서 나를 다독인다. 말없이 흐르는 네바강에 온 마음 실어 보내며 나도 그렇게 흘러 가리라.

오직 바람뿐인 그 밤에

•

지은이 / 이희숙
발행인 / 김재엽
펴낸곳 / 한누리미디어
디자인 / 지선숙

•

121-840, 서울시 마포구 서교동 395-13 서원빌딩 2층
전화 / (02)379-4514, 379-4519
Fax / (02)379-4516
E-mail/hannury2003@hanmail.net

•

신고번호 / 제300-2006-61호
등록일 / 1993. 11. 4

•

초판발행일 / 2012년 4월 1일

•

ⓒ 2012 이희숙 Printed in KOREA

•

값 13,000원

※잘못된 책은 바꿔드립니다.

ISBN 978-89-7969-416-1 03810